# SAINT PAUL

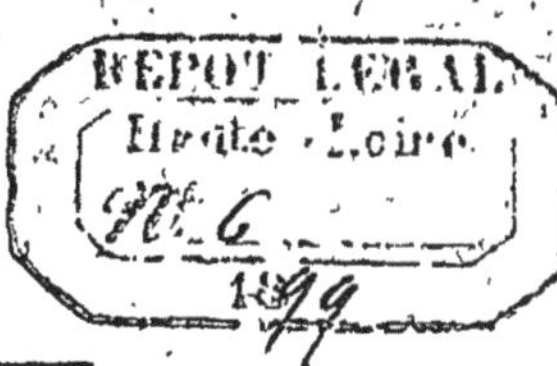

# ET SON ŒUVRE

PAR

LE Dr G. AUDIFFRENT

> Quand je parlerais les langues des hommes, même des anges; si je n'ai point la charité, je suis comme l'airain qui résonne, ou comme une cymbale qui retentit.
>
> (I. *Corinthiens*, ch. XIII).



PARIS
ERNEST LEROUX, ÉDITEUR
28, RUE BONAPARTE, 28

1899

# SAINT PAUL

## ET SON ŒUVRE

# SAINT PAUL

# ET SON ŒUVRE



PAR

LE Dr G. AUDIFFRENT

> Quand je parlerais les langues des hommes, même des anges; si je n'ai point la charité, je suis comme l'airain qui résonne, ou comme une cymbale qui retentit.
>
> (I. *Corinthiens*, ch. XIII).

PARIS
ERNEST LEROUX, ÉDITEUR
28, RUE BONAPARTE, 28

1899

# PRÉFACE

Ce n'est pas une vie de saint Paul que j'ai voulu écrire : l'origine du grand novateur, ses voyages, ses prédications, ses souffrances, ont été longuement racontés par ceux qui ont pris à tâche de les faire connaître. Il y a peu de choses à ajouter à leurs récits, en se tenant dans les faits, tels que l'histoire nous les présente. Mais, ce qu'ils n'ont pas dit, ni ce qu'ils n'ont pu dire, c'est comment ce grand homme s'est trouvé, pour ainsi dire, appelé à accomplir l'œuvre toute sociale que réclamait l'état du monde romain, arrivé alors à ce moment suprême où une société va subir une transformation. Saint Paul était juif de naissance; il était né à Tarse, loin de Jérusalem, dans un milieu essentiellement grec. Par ses relations, par son éducation, par ses observations, il n'avait pu méconnaître la grandeur de Rome. Une lutte contre le colosse romain, pour conserver l'indépendance de sa race, lui eut paru insensée. Ce monde, dont les éléments épars lui présentaient tous les signes de la décomposition et dont les vieux dogmes étaient depuis longtemps épuisés, lui semblait réclamer de nouveaux moyens de direction, un nouveau lien. Pharisien, ardent propagateur de la foi d'Israël, de son monothéïsme exceptionnel, saint Paul a pu croire, d'abord que c'est par elle que pouvait être rapproché, dans une même communion, dans un même sentiment, tout ce que la dictature romaine tenait si difficilement dans sa puissante main. Telle fut l'idée dominante qu'on trouve d'abord chez le grand novateur, et d'où sortit la doctrine qu'il développa plus tard. Ceux qui ont écrit sa vie, on peut le dire, n'ont pas vu tout cela, et la meilleure preuve en est qu'ils s'obstinent encore à voir en lui un simple apôtre, le propagateur de la pensée d'un autre, tandis qu'il fut l'unique inspirateur de tout ce qui sortit de grand de ce mouvement à tous égards remarquable, auquel la qualification de catholicisme fut justement donné.

Au temps de saint Paul, le monothéïsme régnait déjà depuis longtemps, dans toutes les têtes philosophiques de la Grèce et chez tous les hommes d'état romains, descendus du ciel sur la terre. Mais il n'existait chez tous qu'à l'état spéculatif. A l'état de doctrine et de religion, il était, de longue date, constitué dans la petite théocratie avortée de la Judée. Si l'universalité de croyances était nécessaire pour rapprocher définitivement tout ce que la conquête romaine s'était incorporée, elle ne pouvait être demandée qu'à une doctrine reposant sur une entière connaissance de l'ordre réel. Le monothéïsme, succédant au polythéïsme, vint remplir provisoirement cet office, réservé seulement à une foi démontrable. Les mêmes nécessités sociales devaient lui enlever la forme indéterminée, que lui avait donnée la philosophie grecque et le constituer à l'état de religion, seul mode capable de régler et de rallier, conformément à la destination de tout état religieux. Ainsi s'explique l'intervention du monothéïsme juif dans la préparation des dogmes destinés à rapprocher l'ensemble des éléments de la civilisation occidentale.

Saint Paul eut bien vite compris ce qui, dans le dogme mosaïque, était contraire, réfractaire même, aux mœurs et aux habitudes de la société romaine. S'affranchir de la loi devenait pour lui une nécessité. Pouvait-il entreprendre une chose aussi monstrueuse, au point de vue où était encore Israël, et cela de sa propre autorité? c'eut été bien téméraire. A tout monothéisme, passé à l'état de religion, il faut de toute nécessité un révélateur, pour répondre aux exigences, aux prescriptions d'un dogme nécessairement indémontrable, que l'esprit ne pouvait accepter que sous une consécration surnaturelle, dispensant de toute discussion. Moïse et, plus tard, Mahomet furent de véritables révélateurs, parlant avec autorité, d'après leurs inspirations. C'est un rôle que ne pouvait accepter saint Paul, mais dont plus que personne de son temps il sentait la nécessité.

Il ne vit d'abord, dans le mouvement qui se faisait autour de Jésus, qu'une agitation pouvant compromettre la tranquillité dont le monde juif jouissait alors sous le meilleur des rois asmonéens. Une pareille agitation pouvait compromettre la propagande pharisienne, dont il était l'un des plus ardents propagateurs. Il fut d'abord, comme on le sait, persécuteur. Plus tard, cédant en quelque sorte à des nécessités sociales, il fut, dans un moment d'exaltation tout mystique, conduit à investir le jeune prophète de Galilée d'une mission surnaturelle. Juif et observateur fidèle de la loi, comme il le dit, il ne pouvait compromettre le dogme fondamental d'Israël, de l'unité divine. Aussi, dans le jeune Nabi ne vit-il pas un Dieu, comme il le devint plus tard, sous l'inspiration grecque, mais une émanation d'essence divine, comme l'avait été Adam aux premiers jours. Renonçant à toute intervention dans les choses de l'ordre temporel, il l'eut bien vite transformé en rédempteur et chargé de rédimer l'Humanité tout entière de la tache dont elle était frappée. On ne peut contester que cette conception ne lui appartienne en propre et ne soit sans antécédents dans le monde juif. A cet égard, saint Paul, on peut le dire, eut cependant un prédécesseur dans saint Jean-Baptiste, qui, lui aussi, prêchait une sorte de rédemption par la purification, dans l'attente du règne de Dieu sur la Terre, suivant la pensée juive, entretenue par les prophètes depuis la captivité.

Une préface ne peut être qu'une introduction, une sorte d'entrée en matière. Aussi devons-nous limiter celle-ci aux considérations précédentes. La forme que nous avons donnée à cette exposition nous a paru la meilleure pour éviter de trop longues discussions. Il nous suffisait de montrer la filiation des événements et des idées. C'est ce qui nous a réussi dans nos conversations avec l'intelligente personne qui a bien voulu accepter l'hommage de notre travail. Une pareille forme convenait bien mieux, selon nous, à une semblable matière, qu'une exposition dogmatique, où l'argumentation doit souvent prévaloir. Nous ne nous sommes pas cru obligé de parcourir les riantes vallées de la Galilée, de nous épanouir sur les bords du lac de Génésareth, d'expliquer ce qui pouvait paraître de vraisemblable ou non en certains faits miraculeux. Jésus, pour nous, ne pouvait être historiquement qu'un personnage transformé, agrandi par la légende. Il eut le sort de tous ceux que la haine de la domination étrangère avait élevés au-dessus de leur nature, poussés qu'ils furent à cet état d'indignation où l'on croit tout possible. Il eut des prédécesseurs et aussi des continuateurs, dans Judas le Gaulonite, dans Theudas, dans le fameux Bar-Koziba, dans ce dernier surtout, dont la messianité fut acceptée, au temps même d'Adrien, et qui eut pour adhérent le grand docteur de la loi, l'illustre Akriba, qui expia son adhésion en d'horribles tourments.

La gloire qu'ambitionnait saint Paul n'était pas celle-là. C'était la régénération d'un vieux monde qu'il poursuivait. Ce qui concernait le petit peuple, dont il était issu, n'avait pour lui qu'un intérêt secondaire.

Marseille, le 15 février 1898.

D^r AUDIFFRENT.

---

# SAINT PAUL ET SON ŒUVRE

---

## LETTRES A MADAME M. D'A. C.

MADAME,

Je vous ai souvent entretenue du grand saint Paul; je me suis efforcé de vous le présenter comme le vrai et l'unique fondateur du catholicisme, de vous montrer que le Jésus, qui sortit de sa doctrine, fut en grande partie une conception de son esprit. Au monde qu'entreprenait de régénérer celui qu'on qualifia d'apôtre des Gentils, il fallait, pour l'accomplissement d'une telle mission, un révélateur, et ce révélateur ne pouvait être que d'essence divine. Pour l'œuvre que poursuivait le novateur juif tout révélateur d'une origine commune aurait manqué d'autorité. En sa qualité d'homme de génie, saint Paul, en effet, ne pouvait ne pas comprendre les besoins de son temps et ne pas sentir qu'un révélateur humain se trouverait naturellement en hostilité avec la dictature romaine, si, à l'exemple de ses prédécesseurs, les grands théocrates orientaux, il laissait confondre ce qui appartenait à l'ordre temporel avec ce qui était du ressort de l'ordre spirituel. Un révélateur divin, dont l'action restait dans une toute autre sphère que celle des intérêts immédiats, créait par cela même une situation nouvelle, qui n'eut pu porter ombrage qu'au vieux sacerdoce polythéique, alors pleinement discrédité en Occident surtout. Il fallait, d'ailleurs, aux éléments divers de ce monde romain, rappochés par la conquête, si différents de mœurs et d'habitudes, un lien tout autre que le lien politique; c'est ce qu'une foi nouvelle pouvait seule fournir. Saint Paul était de trempe à comprendre tout cela. Sa filiation à la propagande pharisienne avait dû y préparer son esprit.

Le mouvement suscité par Jésus semblait se présenter bien à point. Mais pour répondre aux espérances de l'apôtre, il fallait qu'il franchît les limites de la Judée. S'il y avait eu quelque retentissement, c'était seulement en ralliant ceux qui attendaient la venue d'un libérateur, dont l'avènement prédit, ou plutôt annoncé par les prophètes, devait assurer le règne de Dieu sur la terre. Après avoir été lui-même persécuteur des propagateurs des nouvelles espérances messianiques, saint Paul fut insensiblement conduit à s'emparer de la personne du jeune prophète de Galilée, que l'horrible supplice qui lui avait été infligé rendait plus recommandable encore auprès des siens. Il était alors dans un état d'esprit qui lui permettait sans nul charlatanisme de voir en celui qu'il n'avait pas connu une émanation de Dieu lui-même. Il y avait eu dans la carrière si courte de Jésus diverses phases qui pouvaient se prêter à l'idéalisation. Si l'on a exagéré la portée de sa prédication, elle avait eu cependant une certaine élévation qui pouvait la recommander. Que prêchait-il? La renonciation aux biens de la terre, en vue du règne de Dieu, qui pour bien des Juifs devait être proche. Depuis la captivité, c'était l'idée dominante en Israël. Plus tard, Jésus accepta-t-il le rôle de Messie? C'est ce qui est certain, s'il faut croire le récit qui nous est resté de ses derniers moments.

Si la venue d'un Messie avait été annoncée par les prophètes, pour qui la foi d'Israël ne pouvait périr, pour personne ce Messie n'avait encore le caractère d'un rédempteur. Chez le peuple juif, l'idée d'une rédemption ne pouvait, en effet, avoir cours; la faute d'Adam avait été déjà expiée par les générations sorties de lui. Le déluge n'avait-il pas été d'ailleurs une expiation suffisante?

Ce ne sont pas les prophètes, Madame, qui manquaient en Judée au temps de Jésus. Un Judas, dit le Gaulonite, avait accepté ce rôle. Son insurrection contre la domination romaine avait été noyée en des torrents de sang. D'autres, aussi imprudents, avaient subi un sort semblable. Pour tous ceux qui avaient mesuré la puissance romaine, il n'y avait rien à attendre de l'emploi de moyens violents. Il paraissait plus sage de préparer l'esprit à de nouvelles espérances. Paul, qui l'entreprit et le comprit, avait eu en quelque sorte un prédécesseur. C'est dans ce but que s'accomplit, en effet, la propagande de saint Jean-Baptiste, propagande bien antérieure et plus étendue que celle qu'on pouvait attribuer à Jésus. La purification par le baptême se présentait comme une préparation à l'avènement du Messie attendu, au règne de Dieu sur Israël. Le mouvement, quoique tout pacifique, du baptiseur, venant après ceux qui avaient été déjà si durement réprimés, devait cependant éveiller les craintes de l'autorité juive, toujours surveillée par les procurateurs romains. Le baptiseur fut ainsi sacrifié à la politique du tétrarque de Galilée, du pays où naissaient toutes les oppositions à la domination romaine. L'esprit de la propagande de Jean-Baptiste qui s'élevait déjà, jusqu'à un certain point, au-dessus de la loi mosaïque, a pu faire justement considérer le prophète du Jourdain comme un précurseur de saint Paul lui-même. Voyons maintenant ce qu'étaient Jésus et ses disciples, si intéressants par leur fidélité à leur maître.

Ils étaient tous sortis de la petite contrée, où, par son éloignement de la métropole juive, se fomentaient toutes les oppositions à la domination romaine. Étaient-ils des illettrés, ces disciples? Cette distinction n'existait pas en Israël. Tout juif recevait dans les synagogues l'instruction commune. C'étaient des exaltés, comme on l'était en Galilée, ce n'étaient pas des simples d'esprit, comme on l'a dit. Ils suivaient leur prophète, comme d'autres, de même origine, avaient suivi, quelques années auparavant, Judas le Gaulonite, comme d'autres s'affilièrent, un peu plus tard, à un certain Theudas, d'autres à un Bar-Koziba, lors de la dernière insurrection juive, au temps d'Adrien. Dans l'état d'exaltation qui n'avait cessé de régner en Judée, même après la destruction de Jérusalem, on ne doit pas être surpris de trouver parmi les partisans de ce dernier Messie, le fameux docteur de la loi, le grand Akriba, qui accepta sa messianité et perdit la vie en d'horribles tourments.

Nous ne pouvons, Madame, en nos jours de scepticisme et d'indifférence à toute chose élevée, que difficilement nous rendre compte de l'état où était alors le peuple sacrifié, si différent de ses voisins par sa foi exclusive, au point de constituer par son origine une véritable anomalie historique. Jésus et ses disciples n'étaient pas moins exaltés que ceux qui, avant ou après lui, succombèrent en des tentatives semblables aux leurs. La légende évangélique, écrite longtemps après leur disparition, ne peut nous montrer que très imparfaitement le degré d'exaltation auquel ils étaient arrivés, et quelle était la confiance qu'avait su leur inspirer leur jeune prophète.

De toute cette prédication de Jésus qui a duré au plus un ou deux ans, qu'est-il cependant resté, peut-on se demander? La même légende nous montre le jeune Nabi, guérissant les paralytiques, délivrant les possédés, ressuscitant les morts, flétrissant les puissants. Le discours sur la montagne, tant admiré, semble résumer toute la partie morale de sa doctrine. La légende nous le donne comme un enseignement sans antécédents par les préceptes de conduite qu'on y trouve. Un tel discours, quoi qu'on en ait dit, était-il bien nouveau dans le monde juif? Il est bien facile de se convaincre que c'était ce qu'on trouvait depuis longtemps chez les prophètes d'Israël, et, d'ailleurs dans toute la littérature juive. N'était-ce pas ce que professaient dans toutes les synagogues les grands docteurs de la loi? N'était-ce pas l'enseignement du doux Hillel et des deux

Gamaliel? Rien de nouveau sous le soleil, a dit l'ecclésiaste. Quoi qu'il en soit, laissons à l'actif du prophète de Galilée ce grand enseignement. Que les chrétiens cependant, s'élevant sur lui, ne s'attribuent pas le privilège du désintéressement et surtout du pardon des injures, que les grands cœurs de toute antiquité avaient pratiqué. César n'avait pas eu à cet égard besoin de maître.

Quand Jésus prend le parti de porter sa parole à Jérusalem, à quel degré d'exaltation ne devait-il pas être arrivé pour aborder la grande cité qui avait été si hostile à tous les novateurs ! Bien d'autres avant lui ne l'avaient osé. C'est au moment de la fête de Pâques qu'il se décide à y aller. C'est toute la Judée, il est vrai, qui, en ce jour, suivant les rites d'Israël, affluait à Jérusalem. Il fallait que le jeune Nabi comptât bien sur la puissance de sa parole pour espérer d'entraîner une pareille masse ; car tel était le but de sa tentative. C'est comme fils de David, comme roi des Juifs, dit la légende, qu'il est accueilli. Son échec dans la métropole juive ne fut pas moins complet.

C'est le doux Jésus que nous avons vu entrer en scène, au début de sa carrière ; maintenant, c'est le fouet à la main que nous le trouvons. Ce n'est pas la paix, dit-il, c'est la guerre, c'est le désordre dans les familles qu'il porte avec lui. Plus d'un an de prédication, au milieu de disciples fascinés par lui, qui attendent son élévation auprès de son père céleste, a surexcité sa personnalité, au point de lui faire accepter le rôle du Messie, depuis longtemps attendu. En se laissant présenter à la foule comme roi des Juifs, ne voyait-il pas que c'était la guerre qu'il déclarait au colosse romain, comme l'avait fait avant lui Judas le Gaulonite, qui prit aussi cette qualification, toujours usitée en pareille occasion? C'est celle qui fut prise également par Theudas, par Bar-Koziba après lui, quand ils levèrent l'étendard de la révolte.

Si l'histoire est véridique, nous voyons le jeune Nabi, réduit, pendant les quelques jours qu'il passe à Jérusalem, à parler sans succès dans le temple, se déchaînant contre des usages acceptés de tous, contre les exposants des menus objets de dévotions, dont vivaient ceux-ci, renversant leurs tables en vrai possédé. Sa perte fut vraisemblablement arrêtée dès ce jour, par ceux des Sadducéens affiliés à la politique romaine ; ceux-ci pouvaient justement redouter un mouvement dans cette foule venue de toutes parts. Jésus est arrêté, au milieu de ses disciples, aux lieux mêmes où ils étaient réduits à se retirer la nuit, depuis leur arrivée à Jérusalem. Il est livré au procurateur romain par l'autorité sacerdotale. C'est entre les mains des Sadducéens qu'elle était alors. Conduit devant Pilate, qui ne pouvait guère s'intéresser à un agitateur, il fut sommairement envoyé à la mort et mis en croix. C'était le supplice romain, les Juifs lapidaient leurs condamnés.

Que deviennent les disciples du nouveau Messie après sa mort? Ils retournent en Galilée d'où ils étaient venus à sa suite. Le suivirent-ils au pied de la croix? C'est ce qui n'est guère admissible, traqués qu'ils étaient eux-mêmes. Ne voyons-nous pas saint Pierre, le chef des apôtres, renier par trois fois son maître, dit la légende, le jour même de son arrestation. Une question importante se pose naturellement ici, quand on reste au point de vue humain, quand on ne se jette pas dans les imaginations. Que devient le corps de cet imprudent prophète? On ne peut accepter ici l'intervention d'un Joseph d'Arimathie, dont il ne fut jamais question auparavant, et que la qualité de pharisien qu'on lui attribue ne devait guère laisser favorable au mouvement suscité alors. Cette légende est sans doute bien intéressante ; mais, dirons-nous, ce n'est qu'une légende. Voltaire, avec son bon sens habituel, a dit que le corps du malheureux Nabi eut le sort de ceux de tous les suppliciés. N'en disons pas davantage.

La légende de la résurrection ne peut avoir pris cours que hors de Jérusalem, aux lieux mêmes où le maître avait prêché, où il avait si souvent séduit son entourage. Sa messianité, acceptée de tous, ne leur permettait guère de croire qu'il fût mort sans retour d'un supplice infâmant et qu'il n'eut eu d'autre sort que celui d'un vulgaire malfaiteur. Qu'on n'oublie pas, soit dit en passant, que c'est saint Paul qui relève plus tard le supplice de la croix et en fait le signe de la rédemption. Les disciples de Jésus, consternés par sa mort, à laquelle ils s'attendaient si peu, fascinés qu'ils étaient par lui, humiliés de son supplice, étaient assez peu disposés à en parler.

L'hallucination, la chose habituelle de l'époque, comme de toutes les époques de foi, était alors dans toutes les têtes. Celui qui avait annoncé le règne prochain de Dieu ne pouvait rester parmi les morts. Élie n'avait-il pas été élevé au ciel, Hénoch, dans un char de feu? Saint Paul, qui va se dire apôtre de Jésus, au même titre que ses disciples, ne l'avait-il pas vu comme eux, n'avait-il pas reçu de lui sa mission dans une apparition? Jésus ne pouvait-il pas aussi avoir apparu à ceux qui croyaient à son retour? Dans l'état où se trouvaient les esprits, il suffisait qu'il eût été vu par un seul, dans un de ces moments d'hallucination, si communs alors, pour que tous l'eussent aussi vu et l'aient affirmé avec la meilleure foi du monde. Si la légende de la résurrection avait été le résultat d'une entente commune, le secret en eût-il été toujours gardé, n'eût-il pas existé dans le nombre quelqu'un pour le trahir? D'un mouvement de désintéressement général on crut à Jésus ressuscité. C'est le ressuscité que vont prêcher ses disciples, en s'abstenant de plus en plus de parler du supplice de la croix, qui n'est relevé que longtemps après par saint Paul.

Voilà donc ce que le bon sens nous autorise, nous oblige à croire. Tout homme suffisamment pénétré de ce qui peut se produire dans un cerveau hanté par l'hallucination, admettra aisément que ceux qui étaient dans l'attente du prochain retour du maître avec lequel ils avaient vécu aient pu partager une croyance devenue peu à peu celle de tous. Le dogme de la résurrection de la chair que les chrétiens tiennent des Juifs, était alors en discussion dans toutes les écoles pharisiennes. Qu'on lise attentivement dans les évangiles, dits synoptiques, ce qui a été écrit relativement aux derniers moments de ce maître ressuscité, on n'y trouvera que confusion et contradiction.

Permettez-moi, Madame, avant de continuer ce triste récit, de vous entretenir quelques instants de ce peuple juif, si étrange à tous égards. Nous en reparlerons encore plus loin.

Une saine théorie historique nous montre la race juive issue du fétichisme primitif, franchissant le polythéisme, contrairement à ce qui se passe normalement dans l'évolution humaine lorsqu'elle n'est point troublée, et arrivant au monothéisme par une révélation spéciale. Dans toutes les castes sacerdotales des antiques théocraties chaldéennes, égyptiennes et autres, le monothéisme était une croyance admise depuis longtemps. Abraham, Moïse, dans leurs tentatives de colonisation, n'entraînent à leur suite que des populations, toutes fétichiques, n'ayant pas encore touché au polythéisme. Il n'est donc pas étonnant de trouver, dans la petite théocratie avortée de la Judée, les habitudes et les traditions propres au fétichisme initial. Pour le fétichiste, je crois vous l'avoir dit, Madame, la mort n'existe pas à proprement parler. le cadavre continue encore à vivre, mais d'une autre vie. Les croyances à la vie future, à l'immortalité de l'âme, ne pénètrent chez les Juifs, qu'à la suite de leurs contacts avec les Grecs. La masse populaire resta toujours imprégnée des croyances primitives. Il ne faut pas être étonné si, au temps de Jésus, comme nous l'avons dit, la question de la résurrection de la chair était en discussion dans les écoles pharisiennes. Les Pharisiens, auxquels appartenait le futur apôtre des Gentils, étaient les plus ardents propagateurs de ce dogme.

Un apaisement s'est opéré dans les esprits pendant le règne heureux d'Agrippa, le favori de Caïus. La propagande des disciples de Jésus a pu reprendre pacifiquement. Elle s'est même étendue au loin, surtout chez les Juifs hellénisants, les plus accessibles des enfants d'Israël aux choses surnaturelles, en raison de leurs contacts avec les Grecs. Les anciens disciples, augmentés de quelques nouveau-venus, se trouvent encore réunis à Jérusalem, vivant dans une sorte de communisme, attendant la venue de leur maître. Leur propagande devient cependant assez active, comme le sera plus tard celle de toute la secte, pour susciter des craintes d'agitation chez les autorités sacerdotales. La masse populaire, dans la cité sainte, vivait tranquille et indifférente à toute innovation sous le meilleur de ses rois. Elle ne pouvait être sympathique à certaines prédications. Ainsi s'explique la lapidation de saint Étienne, qui a l'imprudence de leur rappeler leurs prophètes lapidés par eux et leurs crimes passés. Pouvaient-ils croire à ce Jésus ressuscité, qu'il leur montre assis à la droite de Dieu, devant bientôt présider au jugement de tous. C'était, évidemment, blesser les susceptibilités d'Israël, attaquer jusqu'à un certain point le dogme séculaire de l'unité de Dieu. Saint Étienne était un de ces Juifs hellénisants, admis depuis peu dans la communauté des apôtres. On a dit qu'il faisait déjà pressentir saint Paul. Ses contacts grecs le rendaient, en effet, moins réfractaire que les disciples mêmes de Jésus aux idées théophaniques, que l'apôtre des Gentils va propager plus tard.

C'est ici qu'entre en scène saint Paul, jeune encore. Il s'associe en cette occasion aux passions populaires, lui qui attendait tout autre chose de la propagande pharisienne à laquelle il appartient déjà comme disciple de Gamaliel.

Après la lapidation d'Étienne, la communauté messianique est mise en fuite. Ce sont pourtant les hellénisants qui paraissent avoir été les plus inquiétés et avoir quitté Jérusalem. Les anciens disciples de Jésus, plus fidèles à la foi juive, y paraissent tolérés. Nous savons quelle rivalité existe entre eux et les nouveau-venus ; ils vivaient comme le reste des Juifs, dont ils ne différaient, que par leur croyance à la messianité de Jésus. Mais c'est le moment de parler plus explicitement de l'apôtre des Gentils ou plutôt du futur novateur. Disons avant quelques mots de l'état où se trouvait alors ce monde romain, dont il va entreprendre la régénération.

Les femmes juives, arrivées à Rome avec le flot qui y amenait tant de représentants des vieilles races de l'Orient. y vivaient souvent dans la domesticité et la familiarité des grandes dames romaines. Assez nombreuses déjà, elles n'avaient pas été sans exercer sur elles une certaine influence. L'état de dissolution où était tombée la vieille société, l'épuisement des anciennes croyances, les laissaient accessibles à la foi juive et à la morale qui en découlait. Dans les grandes villes de l'Asie-Mineure, à Athènes, comme à Rome, les synagogues répandaient l'enseignement mosaïque. Cependant, bien que sympathiques aux femmes de la société, ses prescriptions ne pouvaient guère convenir aux hommes. Émancipés qu'étaient déjà ceux-ci des croyances polythéïques, ils restaient réfractaires au formalisme d'Israël. La philosophie grecque leur avait fait déjà entrevoir une morale affranchie de tout surnaturalisme. Depuis longtemps, d'ailleurs, les épicuriens et les stoïciens se partageaient la haute société romaine.

La propagande pharisienne, qui se recommandait par son monothéïsme, était venue en quelque sorte se butter contre la loi mosaïque, qui constituait un véritable obstacle à son succès dans le monde gréco-romain. Tenus au courant des choses de leur temps, les Pharisiens ne pouvaient se faire aucune illusion sur la puissance romaine. Ils savaient que la Judée succomberait dans toute lutte engagée contre Rome. Ils étaient donc résignés, en gens intelligents, à voir disparaître la Judée, comme État indépendant. Ils n'aspiraient qu'à conserver leur foi. C'est par elle, soit dit en passant, à leur honneur, qu'ils rêvaient la régénération du monde et une vaste propagande avait été entreprise à cet effet.

Alexandrie, la ville de Ptolémée, était depuis longtemps un foyer de judaïsme. La version grecque des Septantes, si elle n'y fut pas écrite, y fut propagée pour l'usage d'un peuple qui ne comprenait plus l'hébreux. Si les épicuriens et les stoïciens se partageaient la haute société de Rome et d'Athènes, à Alexandrie régnait souverainement le platonisme, que les Juifs avaient souvent façonné aux exigences de leur foi. Soit dit encore, ce qu'on qualifia d'école d'Alexandrie, y fut moins cette réunion de métaphysiciens et de discoureurs que cette belle famille de savants, dont les principaux n'y résidèrent pas toujours. Elle procédait de Thalès et de Pythagore, que dénatura Platon, par Archimède, Apollonius de Perge, Hipparque, le grand astronome de l'antiquité, et autres.

Le vieux polythéïsme était, disons-nous, partout épuisé ; le monde gréco-romain était en pleine dissolution morale et intellectuelle. Les vrais penseurs attendaient une toute autre direction que celle qui pouvait leur venir du ciel. L'enseignement des philosophes, s'appuyant sur des motifs purement humains, ne se montrait pas moins impuissant à concilier les exigences du cœur avec celles de l'esprit. Cependant, si les dogmes polythéïques étaient tombés en désuétude, l'esprit théologique était encore très vivace auprès des masses. D'où pouvait donc venir pour celles-ci une nouvelle direction sinon encore d'en haut ? Saint Paul était assez pénétré de cette situation pour comprendre qu'il fallait sortir des bornes de la Judée et aborder directement la régénération d'une société qui, de toutes parts, tombait en dissolution. C'est du ciel encore qu'il fallait tout attendre. Juif, Paul s'était pénétré de l'esprit du monde romain, dont il sentait toute la supériorité sur celui de l'Orient. Pharisien, il était imbu de toutes les idées qui régnaient dans les écoles de sa secte et professées par les grands docteurs Hillel et Gamaliel, ce dernier, son maître. Paul était né à Tarse, et devait, par sa provenance, avoir des idées plus larges, moins exclusives que celles de sa race à l'égard du monde grec. On comprendra qu'il ne vit d'abord, dans les disciples de Jésus, que des agitateurs. Pénétré de toutes les espérances de sa secte, il devait considérer leur propagande comme étant de nature à compromettre le succès de l'entreprise pharisienne, à laquelle il s'était attaché pour la conservation de la foi d'Israël, dans l'effondrement général.

Ces Galiléens, qui étaient restés à Jérusalem après la dispersion des hellénisants, étaient-ils bien des pacifiques, comme on l'a dit? On comptait parmi eux les fils de Zébédée, qui sollicitaient une place à la droite de leur maître quand il serait assis à la droite de Dieu le père; on trouvait aussi celui dont on a fait le doux saint Jean et qu'on surnommait le Tonnerre; il appartenait à la coterie des Zélotes. Là régnait le fanatique saint Jacques, le frère de Jésus, l'ennemi acharné de saint Paul.

La sphère de la prédication s'est suffisamment étendue, puisqu'elle atteint Damas. Ce sont les Juifs hellénisants chassés de Jérusalem qui y ont formé un premier groupe. Ils étaient, avons-nous dit, les plus accessibles à toute idée nouvelle, au surnaturalisme, en raison de leurs contacts grecs. L'idée d'un Messie, paru et attendu de nouveau, trouve naturellement peu d'écho à Jérusalem. Il suffit de suivre les exigences de la propagande pharisienne pour comprendre l'opposition qu'elle dût faire aux idées messianiques. C'était pour les Pharisiens de l'agitation et des troubles que le messianisme pouvait faire naître. Les invectives de Jésus contre les Pharisiens, probablement augmentées et renouvelées encore aux temps plus éloignés des évangélistes, ne montrent-elles pas que c'était de ce côté que la nouvelle secte devait trouver le plus d'adversaires? On comprend la ligue qui se forme dès lors à Jérusalem pour la combattre. Saint Paul est trop actif pour n'en pas faire partie; aussi accepte-t-il la mission de la poursuivre jusqu'à Damas. C'est dans ce voyage qu'eut lieu ce qu'on appelle sa conversion.

Le récit évangélique diffère complètement de ce que nous lisons dans les épîtres. Ici encore la légende a large part. Il faut s'en tenir à ce que dit saint Paul lui-même, quoique succinctement. Que s'est-il passé dans cette tête si ardente, qui certainement ne pouvait rester longtemps celle d'un persécuteur? Les convictions de ces hommes qui attendaient si fermement la venue de leur Maître, les supplices infligés à quelques-uns d'entre eux, et si dignement supportés, ne pouvaient que faire réfléchir un homme qui, lui aussi, sentait combien était précaire la situation juive, qui travaillait avec ses maîtres à y apporter les seules atténuations qu'elle lui semblait comporter, et qui, lui aussi, avait renoncé à toute idée de révolte pour se consacrer à la propagande de la foi de ses pères. A Damas donc il renonce à la mission qu'il avait acceptée. Que se passe-t-il entre lui et ceux contre lesquels il était venu? On ne sait rien de bien précis. On ne peut s'en tenir à la version des actes, que les épîtres ne confirment pas. Saint Paul renonce donc à une lutte bien cruelle pour son cœur. Le rôle de persécuteur ne pouvait plus longtemps convenir à son caractère si généreux.

Après l'événement de Damas, quel qu'il ait été, nous le voyons, d'après ce qu'il dit lui-même, s'enfermer pendant trois ans dans la retraite, en une région limitrophe de la Judée. C'est à la méditation qu'il se livre sans doute. Toute une révolution va s'opérer dans son esprit. Il sort de sa retraite pourvu d'une large conception, avec laquelle il va présider lui-même à la conversion de tout un vieux monde. Ce n'est point la Judée qu'il a seulement en vue, comme ceux qu'il a persécutés. Une nature aussi ardente pouvait-elle rester inaccessible aux hallucinations qui hantaient alors tous les cerveaux? Ce Jésus, qu'il n'a pas connu, qui est mort si ignominieusement sur la croix, qui a laissé des disciples si fervents, ce Jésus, qu'on dit être sorti plein de vie du tombeau, ne serait-il pas le véritable rédempteur des fautes dont l'Humanité entière est accablée depuis la faute d'un seul, un médiateur entre Israël et ce monde romain où Paul est lui-même né, où il a connu des vertus? Cet homme, ce juste sacrifié, ne pouvait être que d'essence divine. Ne lui a-t-il pas apparu à lui persécuteur, pour le détourner de sa cruelle mission? Dès lors c'est une autre mission qu'il accepte de lui, ou, pour parler le langage de la réalité, qu'il se donne à lui-même. Quelle peut être cette mission, sortie de ses méditations dans la solitude et la prière?

Les Pharisiens dans leur propagande, avons-nous dit, se sont partout trouvés arrêtés par la loi mosaïque, qui, par ses prescriptions, si opposées au génie gréco-romain, constituait un infranchissable obstacle à l'avènement d'une nouvelle croyance, chez un peuple où celles du polythéïsme étaient cependant épuisées et chez qui les belles âmes cherchaient toute autre morale que celle de leurs divinités. La loi était donc un obstacle qu'il fallait écarter. Le crucifié devient dès lors un rédempteur. C'est sur cette transformation que va reposer toute une belle conception, qui n'a pas encore été suffisamment appréciée.

Jésus est, comme Adam, d'essence divine. Celui-ci a perdu cette essence par le péché et frappé le genre humain, sorti de lui, d'une réprobation universelle. Dans sa miséricorde Dieu a fait à l'un de ses plus grands serviteurs, à Abraham, la promesse d'une rédemption. Par le plus dur des sacrifices, le rédempteur promis, et depuis longtemps annoncé par les prophètes, est venu rédimer le monde de la faute d'un seul. Que peut donc être ce Jésus pour être chargé de rédimer tous du péché, sinon une émanation de Dieu lui-même, comme Adam, un être sorti de ses mains par le plus impénétrable des mystères? La rédemption du genre humain ne pouvait être opérée, en effet, que par une nature exceptionnelle; il fallait qu'il fut né d'une femme pour connaître nos misères et en souffrir. Mais la loi n'est-elle pas toujours là pour constituer un obstacle à la perpétration du sacrifice qui s'impose? Il faut suivre ici le novateur dans son argumentation pour en secouer le joug. Elle est, il faut le reconnaître, aussi subtile que spécieuse, peu faite pour convaincre ceux qui ont jusqu'alors vécu sous la loi et pratiqué ses rigoureux enseignements. La loi, dit le novateur, n'a pu, à elle seule, détruire le péché, elle n'en a été, pour ainsi dire, que la constatation. Ce fut une sorte de *modus vivendi*, qu'on me permette le mot, pour attendre un état meilleur. Dès lors, la loi ne devient-elle pas inutile et ne se trouve-t-elle pas abrogée par l'expiation du rédempteur? Comment les Juifs pouvaient-ils prendre un raisonnement aussi spécieux, eux qui attendaient le royaume de Dieu, tel que l'avaient annoncé leurs prophètes? Les disciples de Jésus eux-mêmes ne pouvaient être plus convaincus, aussi ne le furent-ils pas. Le Jésus de saint Paul n'était pas le leur; l'un était attendu pour établir le royaume de Dieu sur la terre, l'autre venait ouvrir un règne tout mystique, dont le ciel était le principal objet.

On sera sans doute surpris de voir que, contrairement à l'opinion commune, nous n'attribuons pas à saint Paul la déification de Jésus, que nous osons prétendre qu'il ne fut pour lui qu'un second Adam, mais comme celui-ci, d'essence divine. Saint Paul, pharisien, plus que personne était imbu de l'idée de l'unité divine, propre à sa race, idée qu'il n'eut certainement jamais osé infirmer. C'est par un personnage d'une émanation divine qu'il veut procéder à la rédemption du genre humain et non par un Dieu, comme le crurent plus tard les populations grecques, préparées par leurs antécédents polythéïques à toute idée de déification. Les César ne devenaient-ils pas Dieux en quittant la vie? Ne leur élevait-on pas des temples? Nous disons que c'est du Messie, annoncé par les prophètes, depuis la captivité, que Paul fait son rédempteur. Suivant les prophéties, il le fera naître selon la chair de la race de David et, pour lui, selon l'*esprit de sainteté*, il sera déclaré fils de Dieu. Ce Jésus, né d'une femme et de la race de David, a des frères, connus au temps de saint Paul, comme on peut en avoir la preuve dans l'une des épîtres aux Thessaloniciens. Elles sont considérées, il est vrai, comme apocryphes, mais elles sont antérieures aux évangiles. Qu'on lise attentivement, surtout dans le texte grec, les en-têtes des épîtres de l'apôtre et l'on se convaincra que, pour lui, Jésus ne fut jamais qu'une émanation de Dieu, le Seigneur Jésus, fils de Dieu, expression qui s'appliquait à toute dépendance à l'égard de Dieu, le père commun.

Ce n'est que trois ans après l'événement de Damas que Paul se décide à aller à Jérusalem. Il lui convenait de se rapprocher des disciples de Jésus. Va-t-il leur communiquer la conception sortie de trois ans de méditation ? Elle diffère tant dans sa portée de la doctrine qu'ils disent tenir de leur maître ! Paul n'a fait, dit-il, que toucher à Jérusalem. Il a compris que ce n'est ni dans la métropole juive, ni même en Judée qu'il doit porter sa parole. On peut assurer que rien de décisif n'a pu se passer entre le nouvel apôtre et les disciples qu'il a vus. Il s'éloigne donc de Jérusalem et va porter sa prédication en Asie-Mineure, dans les contrées où il est né, où il a vécu. L'évangile qu'il annonce, il dit le tenir de Jésus lui-même ; il est apôtre au même titre que les autres ; c'est de Jésus qu'il a reçu son investiture. Il ne peut faire aucune concession sur le fonds de sa pensée, la loi n'existe plus pour lui, il n'y a plus à s'y conformer, à soumettre à ses prescriptions ceux qui lui viennent du dehors. Les actes sont en désaccord avec les épîtres, lorsqu'on lui attribue une transaction sur la circoncision: Il a même à cet égard un mot qui sort de son caractère et que la bienséance nous interdit de reproduire ici. Mais avant de le suivre dans le cours de sa merveilleuse carrière, arrêtons-nous encore sur la doctrine qu'il enseigne.

Nous avons vu par quelle subtilité Paul déclare la loi abrogée. Par une idée toute personnelle, sans antécédents avant lui, entre Adam et Jésus il place Abraham ; entre la chute et la rédemption, il place la promesse. L'incarnation lui appartient au même titre ; Jésus est né d'une femme, mais d'une essence divine. Ces trois dogmes, la chute, l'incarnation et la rédemption, il va les résumer dans une admirable institution, le mystère eucharistique.

Par le sacrifice, le rédempteur nous a rédimés du péché ; par la nouvelle institution, nous allons être tous rendus participants à sa nature. Il ne dépendra plus que de nous de bénéficier de son immolation. Ce sacrifice va se renouveler chaque jour dans la nouvelle institution. Elle est si conforme à la pensée de l'apôtre et si opposée à celle de son entourage qu'on ne peut douter qu'elle ne lui appartienne en propre.

Voici ce qu'on trouve chez un père de la primitive Église, chez saint Cyrille de Jérusalem, à propos de cette mémorable institution. Saint Cyrille écrit en grec, sa traduction latine que je vous donne ici, votre fils, Madame, se chargera de vous la translater en français. « Hoc beati Pauli doctrina sufficere potest, ad reddendos vos certiores de divinis mysteriis, quæ vobis donata sunt, qui facti estis Christi corporis et sanguinis comparticipes. Ille enim modo clamabat quod nocte etc. » Le reste, comme dans le texte de saint Paul [1] et dans les évangiles synoptiques. Comme nous le voyons, au IVe siècle, c'était à saint Paul qu'était attribuée la doctrine de l'Eucharistie. C'est lui, en effet, qui la fait sortir, en quelque sorte, du repas suprême, où régnait toute autre pensée. Voyons s'il est possible de trouver, dans la narration même de ce dernier repas, la confirmation de ce que laisse supposer le passage cité de saint Cyrille.

Jésus et ses disciples sont réunis pour célébrer la Pâques, conformément aux usages de leur race. Il n'a pas été heureux dans sa tentative sur Jérusalem. Traqués par ses ennemis naturels, les Sadducéens ralliés aux Romains, il est réduit à se cacher, à se retirer pendant la nuit avec ses disciples en un lieu solitaire, sur le mont des Oliviers. Le soir de la Pâques, entouré d'eux, il offre un sacrifice, conformément aux us établis, c'est suivant le rite de Melchisédec, par l'offrande du pain et du vin. Les sacrifices sanglants étaient depuis longtemps abandonnés. Dans le cours de ce repas pascal, il leur annonce qu'un traître est parmi eux. Après le repas, sans plus s'arrêter à cette déclaration, ils se retirent tous, lui et ses dis-

1. Saint Cyrille de Jérusalem, *op. omn.* p. 292.

ciples, au lieu habituel où ils passaient la nuit. En quittant la salle où ils se sont trouvés réunis, ils chantent des cantiques. Ce sont là les faits tels qu'ils sont racontés dans les évangiles dits sypnotiques. Les disciples réunis autour de leur maître pouvaient-ils, se demande-t-on, avoir l'âme aux sentiments que supposent les chants auxquels ils se livrent, après qu'on leur a annoncé qu'un traître est parmi eux, lorsqu'ils sont réduits à se cacher la nuit? N'eut-il pas fallu le démasquer, ce traître, le chasser dans l'intérêt commun? Ce sont des hommes que nous avons devant nous. Nul parmi eux, pas même leur maître, n'est doué de la prescience. Que faut-il conclure de ce rapprochement, sinon que l'annonce de la trahison de Judas a été ajoutée après le fait accompli, comme le reniement de saint Pierre qui, dit-on, a été prédit aussi pendant le repas final. Jésus croyait-il marcher à la mort après ce repas? Pouvait-il vouloir mourir avant d'avoir accompli la mission qu'il s'était donnée et pour l'accomplissement de laquelle il était venu à Jérusalem? Je le répète, ce sont des hommes que nous avons devant nous, leur chef est un homme comme eux. Pouvait-il s'offrir en sacrifice et dans quel but? Pour grandir, dit-on, dans la pensée de ses disciples et assurer ainsi le succès de sa mission. Ses disciples, avons-nous dit, ne paraissaient pas se montrer bien fiers de son supplice. Quelle était la mission qu'il s'était donnée? l'établissement par lui, Messie, du royaume de Dieu sur la terre. Aucun des prophètes, ses prédécesseurs, n'avait eu l'idée d'aller au devant de la mort, de s'immoler pour assurer le succès de sa mission. Ils avaient lutté autant qu'ils avaient pu et ne s'étaient pas livrés. D'ailleurs, Jésus n'avait-il pas été réduit maintes fois à se cacher dans le cours de sa prédication? L'idée du triomphe par la mort n'arrive qu'après le supplice, et, disons-le encore, c'est à saint Paul qu'il faut l'attribuer, lui seul ayant plus tard considéré la mort de Jésus comme un sacrifice offert pour la rédemption de tous.

Restant donc dans cette dernière idée, saint Paul a dû

considérer, conformément aux rites des sacrifices usités, selon l'ordre de Melchisédec, le pain et le vin, qui tenaient lieu alors du corps et du sang de la victime, comme le corps et le sang de la nouvelle victime offerte en expiation, en prêtant cette idée à Jésus, érigé par lui en rédempteur, en victime expiatoire de la faute d'un seul. Cette idée, nous le répétons, n'était, avant l'apôtre, venue à personne et ne pouvait être celle des disciples réunis pour célébrer la Pâques. Les disciples de Jésus en étaient si éloignés qu'aux temps de saint Cyrille, c'est-à-dire dans le IV^e^ siècle, cette doctrine de l'Eucharistie était, comme on l'a vu, attribuée à saint Paul. Le concile de Nicée est muet là dessus.

L'Eucharistie venait donc, comme nous l'avons dit, résumer toute la doctrine paulinienne. Les grands traits, disons-nous, en sont nettement établis par le novateur dans ses diverses épîtres, ce sont : l'incarnation, la chute, la promesse, la rédemption, le tout résumé dans l'eucharistie. Voilà, en effet, toute la prédication paulinienne; si différente de ce qu'enseignaient les disciples réunis à Jérusalem. Ne faut-il pas être étonné, soit dit en passant, de ne rien trouver dans le symbole de Nicée qui rappelle, même par un mot, l'institution eucharistique? Insistons encore plus que nous ne l'avons fait sur les conséquences de cette admirable conception. Chacun recevant le corps et le sang du rédempteur, dans ce pain et ce vin, devenait, en quelque sorte, participant de sa nature. S'il n'était encore, au temps de saint Paul, l'égal de Dieu pour les fidèles, Dieu lui-même, il était pour eux d'essence divine, comme l'avait été Adam avant le péché.

Les disciples de Jésus, les Judéo-chrétiens, comme on les a plus tard appelés, par opposition à ceux de saint Paul, n'avaient pu voir en leur maître que le Messie attendu, annoncé par les prophètes, et cela seulement pour établir le règne de Dieu sur la terre. Cette croyance au retour de Jésus n'était pas abandonnée par saint Paul. Il croyait, comme tous, à sa venue prochaine. Pour lui, la fin des siècles était proche. Une telle conviction nous permet de nous expliquer les contradictions, presque inévitables, de sa doctrine de la grâce, de cette grâce qu'il opposait à la nature entachée du péché. Dieu avait choisi ses élus, en laissant toutes les autres créatures encore sous le poids du péché. Il devait, dans sa justice cachée, dans ses secrets impénétrables, élever les premiers à son second avènement et réprouver les autres. Si l'on ne limite pas, comme l'a fait le grand novateur, la durée du monde au second avènement de Jésus, après lequel tous seront pourvus de sa grâce, une pareille doctrine devenait aussi incompréhensible que décourageante, bien qu'elle soit en elle-même inhérente à tout monothéïsme. Elle ne pouvait être appliquée à une société destinée à traverser les siècles.

Les épîtres de saint Paul sont du milieu du premier siècle, et les évangiles, dits synoptiques, sont de la fin du même siècle, sinon plus anciens. Ils ont été écrits d'après des renseignements antérieurs, conservés plus ou moins fidèlement, suivant les versions de Marc, de Matthieu et de Luc. Le mysticisme qui y règne leur enlève tout caractère historique. Le récit de la Cène s'y trouve longuement exposé, conformément aux paroles de saint Paul qu'on lit dans la première épître aux Corinthiens. Elles y sont presque littéralement reproduites. Cependant, comme on l'a vu, saint Cyrille, au IV^e^ siècle, attribue encore à saint Paul la doctrine eucharistique. Ne laisse-t-il pas entendre par là que l'Église n'y est pas encore entièrement ralliée? Que doit-on conclure d'un tel rapprochement? Une supposition toute naturelle se présente à l'esprit, c'est que les paroles de saint Paul, qu'on trouve dans la première épître aux Corinthiens, ont été interpolées dans les évangiles dits synoptiques, à une date que nous ne pouvons fixer, mais qui n'est pas antérieure au IV^e^ siècle. Ces mêmes paroles ne se trouvent pas dans le quatrième évangile. Pour quelle raison? L'Évangile Joannique a été, comme on le sait, pendant longtemps rejeté par l'Église.

Il ne fut accepté qu'assez tard. Sa contexture ne se prêtait à aucune interpolation.

Je viens, Madame, dans cette longue épître, de vous montrer le grand novateur à qui le monde a dû, il y a dix-huit siècles, sa transformation, et on peut dire la constitution qui, jusqu'à ce jour, a tenu en échec toutes les critiques, si elle n'en a triomphé. Quoique je ne vous aie parlé qu'assez succinctement de sa doctrine, je crois cependant vous l'avoir résumée dans ses points essentiels. L'Église, dans le cours des siècles, a pu y apporter quelques additions, mais elle n'en a jamais altéré l'esprit. Je me suis appliqué à faire ressortir la filiation de l'apôtre avec la principale secte juive de son temps, à laquelle il appartenait par son origine et par la mission qu'il avait reçue d'elle. Il me reste à vous présenter l'homme dans sa prédication, dans ses rapports avec le monde gréco-romain, luttant contre des obstacles qu'il ne pouvait prévoir, souvent combattu par des ennemis chez lesquels sa généreuse nature lui avait fait espérer de trouver des auxiliaires et des frères.

Tel sera, Madame, le sujet d'une nouvelle épître, si celle-ci ne vous a pas paru trop déplacée.

---

MADAME,

Dans la longue épître que je me suis permis de vous adresser, je me suis efforcé de vous montrer l'œuvre d'un grand novateur, sans trop m'arrêter toutefois sur des détails qui vous auraient peut-être empêchée d'en bien saisir l'ensemble. On peut le dire, sa doctrine s'est, en quelque sorte, superposée sur celle, bien modeste comme conception, du prophète malheureux qui, après tant d'autres, voulut entreprendre à sa manière la transformation d'un monde tout exceptionnel, où tout était confusion. Par sa constitution et sa situation sur les confins de l'empire des Césars, ce petit monde dut paraître toujours étrange aux penseurs grecs ou romains, qui, depuis la conquête d'Alexandre, se trouvaient en rapport avec lui. Je vous ai dit en quelques mots quelle était l'origine de ce peuple juif qui, depuis longtemps, n'a plus de patrie et qu'on trouve aujourd'hui disséminé sur tous les points du globe. Son monothéïsme exceptionnel devait le laisser toujours flottant au milieu de puissants voisins qui ne pouvaient ni se l'incorporer, ni accepter ses croyances.

Quoique le grand novateur, à qui l'Occident tout entier doit la doctrine qui servit à unir les éléments épars qu'avait rapprochés la conquête romaine, fut lui-même d'origine juive, son œuvre ne lui fut pas moins inspirée par le spectacle que présentait alors une société en pleine décomposition. Il dut entreprendre à sa manière d'y instituer la culture du sentiment, que ni Athènes, ni Rome n'avaient pu élever sur ses véritables bases. Celui qui accepta le titre modeste d'apôtre des Gentils, qui, dans un moment difficile d'une existence tourmentée, se déclara citoyen romain, était à tous égards digne de cette qualité, par ses aspirations et par la connaissance qu'il avait du milieu auquel il s'adressait. On peut le dire, sans exagération, il l'était autant que César, autant que Tacite, dont, pour tout philosophe, il continuait l'œuvre.

Le moyen âge, encore si mal étudié de nos jours, en associant son nom à celui du prince des philosophes, avait rendu, à sa manière, un juste hommage à deux grandes natures jusqu'alors méconnues. Une saine théorie historique nous autorise désormais à dire que la systématisation que l'un entreprit prématurément, prépara la culture morale qu'institua l'autre.

Je crois, Madame, vous en avoir dit assez pour vous convaincre que l'œuvre, si effacée, de Jésus, ne serait pas arrivée jusqu'à nous, si son nom ne s'était trouvé préservé de l'oubli par une merveilleuse conception dont nos contemporains, on est honteux de le dire, n'ont pas encore compris toute la portée. La tentative de Jésus, on ne peut qu'ainsi qualifier son œuvre, ne fut pas plus remarquable que celle du grand baptiseur, qui, lui aussi, paya de sa vie d'avoir voulu rapprocher ce qui ne pouvait l'être encore.

Un écrivain contemporain qui, certes, n'a pas vu toute la portée de l'œuvre du grand novateur paulinien, a été cependant assez pénétré de sa haute personnalité pour en faire le saisissant portrait que je me permets, Madame, de vous présenter. « La délicatesse des manières étant, selon les idées de la bourgeoisie moderne, en rapport avec la fortune, nous nous figurerons volontiers Paul comme un homme du peuple, mal élevé et sans distinction. Sa politesse, quand il le voulait, était extrême ; ses manières étaient exquises. Malgré l'incorrection du style, ses lettres révèlent un homme de beaucoup d'esprit, trouvant dans l'élévation de ses sentiments des expressions d'un rare bonheur. Jamais correspondance ne révéla des attentions plus recherchées, des nuances plus fines, des timidités, des hésitations plus aimables. Une ou deux de ses plaisanteries nous choquent. Mais quelle verve, quelle richesse de mots charmants ! Quel naturel ! On sent que son caractère, dans les moments où la passion ne le rendait pas irascible et farouche, devait être celui d'un homme poli, empressé, affectueux, parfois susceptible, un peu jaloux.

« La mine de saint Paul était chétive et ne répondant pas, ce semble, à la grandeur de son âme. Il était laid, court de taille, épais et voûté. Ses épaules portaient bizarrement une tête petite et chauve. Sa face blême était envahie par une barbe épaisse, un nez aquilin, des yeux perçants, des sourcils noirs qui se rejoignaient sur le front. Sa parole n'avait non plus rien qui imposât. Quelque chose de craintif, d'embarrassé, d'incorrect, donnant d'abord une pauvre idée de son éloquence. En homme de tact, il insistait lui-même sur ses défauts extérieurs et en tirait avantage.

« Le tempérament de Paul n'était pas moins singulier que l'extérieur. Sa constitution, évidemment très résistante, puisqu'elle supporta une vie pleine de fatigues et de souffrances, n'était pas saine. Il fait sans cesse allusion à sa faiblesse corporelle, il se présente comme un homme qui n'a qu'un souffle, malade épuisé, et avec cela timide, sans apparence, sans prestige, sans rien de ce qui fait de l'effet, si bien qu'on a eu du mérite à ne pas s'arrêter à de si misérables dehors.

« Ailleurs, il parle avec mystère d'une épreuve secrète, d'une pointe enfoncée dans sa chair, qu'il compare à un ange de Satan, occupé à le souffleter, et auquel Dieu a permis de s'attacher à lui. Trois fois, il a demandé au Seigneur de l'en délivrer; trois fois le Seigneur lui a répondu : « Ma grâce te suffit. » C'était apparemment quelque infirmité; car l'entente de l'attrait des voluptés charnelles n'est guère possible, puisque lui-même nous apprend, ailleurs, qu'il y était insensible » (Renan, *Les Apôtres*).

Permettez-moi en passant, Madame, une conjecture sur cette infirmité. C'était, croyons-nous, de légers accès épileptiformes. L'épilepsie, d'après la théorie que j'en ai donnée, doit être considérée, comme une maladie de l'activité. On en trouve des manifestations chez beaucoup d'hommes supérieurs par leur activité. César, Mahomet,

Bonaparte, en ont présenté des symptômes non équivoques. A ces trois noms il faudrait donc ajouter celui de saint Paul.

Voilà, d'après le portrait que nous venons de retracer, l'homme au physique comme au moral, que les destinées humaines vouaient à la régénération du monde. De lui devait sortir le catholicisme tout entier. Sur sa vaste conception venait s'asseoir toute une culture morale qui resta la mission assignée au moyen âge, succédant, dans la marche de la civilisation, au double mouvement gréco-romain, l'un voué à la spéculation et l'autre destiné à l'incorporation autour d'un centre commun de tout ce qui pouvait être encore rapproché.

Saint Paul, pénétré du génie romain, comprit que c'est tout un monde à transformer qu'il a devant lui et non une petite nationalité, resserrée en d'étroites limites. Pharisien, et fort de l'expérience de ceux de sa secte qui voulurent porter au loin la loi mosaïque, il a pu reconnaître bientôt à quels obstacles se buttait leur propagande. Bien accueillie souvent par les femmes, une telle propagande devait, au contraire, trouver les hommes réfractaires. Il fallait donc rompre avec la loi, devenue l'obstacle à tout succès. C'est ce que n'hésita pas à faire le grand novateur. Il rompait ainsi avec le monde juif, d'où lui vint plus tard la plus grande opposition. Il ne fut pas même accepté des disciples de Jésus, qui vivaient suivant la loi. Son premier voyage à Jérusalem, après l'événement de Damas, ne pouvait que le convaincre de l'étroitesse de leurs idées et de la sécheresse de leur cœur. Aussi, après une semaine, au plus, de séjour parmi eux, il s'en éloigne pour aller porter sa parole ailleurs, dans le monde grec, où les succès ne tardèrent pas à le suivre.

Depuis la réforme d'Esdras, ce n'était plus un centre unique d'adoration qu'on trouvait en Judée. Le pays s'était couvert de synagogues, où la loi était lue et enseignée. La dispersion juive étendit encore ce mouvement; toute ville de quelque importance avait sa maison de prières, véritable lieu de réunion fraternelle pour ceux qui n'avaient plus de patrie, mais que rapprochait la communauté de croyance. C'est dans ces synagogues, dans les maisons de prières, que Paul va annoncer le grand crucifié et l'abrogation de la loi. Pouvait-il y être bien accueilli? Ce n'était guère possible; mais le monde grec lui fut plus accessible.

Le polythéisme avait spontanément institué une sorte de culture pour l'imagination, tandis que le monothéisme juif en contint presque toujours l'essor. C'est ce que nous montre cette belle littérature d'Israël, si pauvre cependant d'images, mais où domine, surtout dans les psaumes, le point de vue moral. Sortie du fétichisme primitif pour s'élever, sans transition, du polythéisme au monothéisme, sous l'action d'un révélateur théocratique, la race juive resta toujours moins préparée à l'essor esthétique que les belles races qui eurent pour initiateurs Homère, Eschyle, Phidias et autres. Ces dernières, quand tout était en décomposition autour d'elles, fournirent de précieux auxiliaires à la propagande de la nouvelle foi. Un révélateur d'une essence divine ne pouvait en rien blesser leurs habitudes mentales. Aussi écoutèrent-elles sans trop de surprise la prédication de celui qui venait leur révéler un monde exceptionnel pour eux, où ils pouvaient cependant entrevoir toute une ère nouvelle et la cessation d'un état de choses qui n'était plus acceptable pour les natures élevées.

Ce fut, comme toujours, chez les femmes que la nouvelle foi trouva le plus de sympathies et le novateur des auxiliaires aussi dévoués qu'enthousiastes. Parmi elles, les actes et les épîtres nous citent une Lydie, que l'Église a canonisée sous le nom de sainte Thècle et qui s'attacha à l'apôtre avec l'ardeur que porte la femme en toutes choses de sentiment. L'*Épître aux Romains* nous apprend qu'elle devint dans les nombreux moments de déception dont l'existence du grand novateur fut si souvent traversée, à la fois son admiratrice, son soutien moral et peut-être matériel. Le rôle de la femme, soit dit en passant, fut toujours considérable dans tous les grands mouvements religieux. On ne sait pas quelles auxiliaires trouva en elles Mahomet lui-même. Si la femme en Orient a, de nos jours, une existence légale, c'est à ce grand émule de saint Paul, dans l'œuvre de la rédemption humaine, qu'elle le doit. On ignore dans quelles conditions abjectes elle était réduite avant la révolution opérée par cet autre novateur. Qu'on sache bien que la polygamie, issue du régime théocratique et consacrée par lui, fut un progrès sur la promiscuité primitive. De nos jours on peut dire, avec le grand penseur contemporain, qu'il y a plus de polygamie à Paris et dans les grandes cités d'Occident qu'à Constantinople même.

Mais, pendant que Paul annonçait le crucifié à Antioche et à Athènes, la petite communauté de Jérusalem suivait d'un œil inquiet sa prédication. C'est de Jésus lui-même, disait-il, qu'il a reçu sa mission et non d'aucun autre. Les disciples de Jésus que présidait son frère, le fanatique saint Jacques, ne différaient des autres Juifs que par leurs espérances messianiques. Comme eux ils allaient au temple, disent les actes, observaient la loi dans ses plus rigoureux commandements. Ils ne pouvaient admettre qu'on n'exigeât pas les prescriptions recommandées par elle des nouveau-venus et surtout la pratique qui différencie le Juif de tout autre. Ils étaient réfractaires encore à l'idée qu'on pût manger les viandes provenant des sacrifices, les seules qu'on trouvait cependant sur les marchés. Tel fut le motif, sinon la principale cause, du premier conflit qui survint entre l'apôtre et ceux de Jérusalem.

L'Épître aux Galates nous apprend que saint Pierre lui-même, dans son voyage à Antioche, avait mangé avec les nouveaux convertis, non observateurs de la loi ; qu'il avait vécu fraternellement avec eux. Des émissaires arrivés de Jérusalem viennent, plus tard, jeter le blâme sur sa conduite. Ces mêmes émissaires vont jusqu'à combattre l'enseignement de l'apôtre et défaire tout ce qu'il a péniblement constitué. Son désespoir, en présence d'une opposition qu'il ne peut concevoir, fut profond. Dans le premier moment, sa colère fut immense. On ne pouvait attendre autre chose de sa nature si impressionnable. Le Jésus qu'il prêchait n'était pas celui des disciples réunis à Jérusalem. Le rédempteur sorti de son cerveau n'était pas celui qui avait conféré la primatie à saint Pierre. Une inconséquence grave, inévitable, disons-nous, va peser sur toute la doctrine du novateur. S'il avait rejeté la loi, il ne pouvait rejeter les disciples de Jésus, et c'est ce qui, en bonne logique, aurait dû être fait, si la chose eut été faisable. A cette seule condition il pouvait avoir les coudées franches. Il n'en fut pas ainsi et ce furent moins les Juifs que les disciples de Jésus qui lui suscitèrent le plus d'embarras.

Paul ne peut triompher de l'opposition des émissaires de Jérusalem, qui viennent porter le trouble dans ses églises, compromettre les résultats d'une vie de labeur. Mais c'est ici qu'apparaît l'homme de résolution. Son grand cœur lui fait encore espérer de convaincre les plus puissants d'entre les disciples réunis à Jérusalem. Il affronte la mer par les temps les plus rigoureux, se transporte auprès des opposants, je n'ose dire encore de ses ennemis, accompagné de son disciple chéri, de Tite, grec d'origine, qu'il n'a point soumis aux prescriptions rigoureuses de la loi. C'est cette entrevue qu'on a qualifiée de premier concile de Jérusalem. Ici les épîtres et les actes sont en plein désaccord. Paul n'a pu obtenir ce que son cœur lui faisait espérer. Il s'éloigne de Jérusalem aussi peu satisfait de cette visite que de la première qu'il fit au chef du petit cénacle. C'est encore le fougueux saint Jacques qui se montre son principal adversaire. Les actes disent qu'un accord s'est établi pourtant; les uns se chargèrent de la conversion des Juifs et l'apôtre de celle des Gentils. Pour la tradition chrétienne, saint Paul sera désormais l'apôtre de ceux-ci. Cependant les rôles ne paraissent pas avoir été aussi bien définis, ni conservés, car, peu de temps après, une autre mission se constitue pour le combattre. C'est saint Jacques qui est à sa tête. Une lutte, qu'on peut qualifier d'acharnée, s'engage entre la contre-mission et l'apôtre. Sa parole trouve des contradicteurs dans toutes les églises qu'il a fondées. Ceux qu'il croyait avoir ralliés à son évangile hésitent ou s'éloignent de lui. Ces adversaires, il faut les fuir et leur faire perdre sa trace. Le novateur se trouve réduit à une ruse qu'on a comparée à la fuite du lièvre. Il s'engage dans la Bithynie, laissant supposer qu'il déserte la partie, qu'il va mettre la mer entre ses poursuivants et lui. Il revient sur ses pas, s'embarque à Troas et arrive ainsi à Philippe où il trouve, au milieu de ceux qu'il a visités quelques années auparavant, un repos à ce prix bien gagné.

Que se détrompent donc ceux qui, d'après les actes, ont pu croire qu'un parfait accord a toujours régné entre ceux qui, depuis l'entrevue d'Antioche, portent le nom de chrétiens. Parmi les disciples de Jésus, on peut le dire aujourd'hui sans crainte d'être démenti, Paul n'a trouvé que des adversaires et des ennemis. Renonçant à tenir tête par la parole à ceux qui ont juré sa perte, qui s'acharnent contre ses églises et dispersent ses adhérents, il a recours à ses épîtres, à ces écrits précieux qui nous ont conservé toute sa doctrine. Ainsi s'explique comment, pendant les quatorze premières années de son apostolat en Asie-Mineure, on ne sait à peu près rien de ce qu'il y a enseigné. C'est dans ces mémorables épîtres qu'il faut chercher sa vie apostolique. Parmi celles que l'Église lui attribue, quatre seulement ont un caractère d'authenticité, ce sont : l'épître aux Galates, les deux épîtres aux Corinthiens et, la plus décisive de toutes, celle où se trouve résumée sa doctrine, l'épître aux Romains.

La lutte est nettement accusée dans l'épître aux Galates, écrite après le triste événement qui l'a obligé de fuir. C'est le premier des apôtres, saint Pierre lui-même, qu'il prend à parti. Ses reproches sont sanglants et mérités. Saint Pierre s'est effacé devant le fougueux saint Jacques. C'est celui-ci qui dirige le mouvement de résistance. La qualité de frère de Jésus l'a investi d'une autorité que n'a pu conserver le premier des apôtres.

L'église de Jérusalem se montre de plus en plus intransigeante ; elle n'accepte rien de Paul, on lui conteste son évangile, on n'admet pas qu'il l'ait reçu de Jésus, comme il le dit ; on le traite de visionnaire ; ses révélations, on ne peut y croire. L'apôtre n'a pu tenir tête à ses adversaires ; c'est par ses épîtres qu'il espère soutenir le zèle de ceux qu'il a ralliés à sa foi et préserver ses églises de la désagrégation. Ces épîtres, où il fait passer toute son âme, sont plus redoutables que sa parole même. Sa pensée s'y précise plus nettement qu'il n'a pu le faire dans les synagogues où il n'a trouvé que des contradicteurs, peu disposés à le laisser parler. C'est par elles qu'il tient rapprochées les nombreuses églises qu'il a fondées et qu'il répond aux attaques dirigées contre sa doctrine et sa personne. Un caractère général d'affliction y règne cependant. On y trouve l'homme blessé dans ses plus chères affections, luttant contre des natures étroites, incapables de s'élever à la hauteur de la grande mission qu'il poursuit ; contre le juif obstiné, confiné en des traditions qui ne conviennent qu'à sa race, et incapable de comprendre qu'autour de lui il y a tout un monde à régénérer. Le déisme du juif sectaire n'a pu même l'élever à la notion du Dieu dont tous les hommes sont les enfants, au même titre que lui et qu'Israël ne saurait se réserver.

Nous avons dit de quelle inconséquence fut tout d'abord frappée l'œuvre de Paul. En faisant de Jésus un rédempteur, la clé de voûte, pour ainsi dire, de l'édifice qu'il élève, il se condamnait à accepter la suprématie de ceux qui, avec raison, se disaient ses disciples. Il a pu faire accepter aux Gentils, sortis du polythéisme, la conception d'un médiateur d'essence divine, mais les Juifs, et surtout l'entourage de Jacques, pouvaient-ils voir dans l'apôtre autre chose qu'un imposteur, eux qui avaient connu le maître, vécu dans son intimité, assisté à tout ce qui pouvait éloigner de leur esprit l'idée de la transformation que poursuivait Paul. Mahomet a pu se dire, de bonne foi, prophète, envoyé de Dieu. Ce rôle, saint Paul ne pouvait le prendre, quoique dans ses révélations il pût se croire inspiré de Jésus lui-même. Le type de Jésus, comme je l'ai dit, ne pouvait convenir à la mission que lui assignait l'apôtre, qu'en revêtant le caractère d'une émanation divine. Voilà ce que n'ont pas compris, j'ose le dire, tous ceux qui se sont occupés de faire l'histoire des premiers temps du christianisme. Ils n'en ont pas vu certainement le véritable fondateur. Pour le voir, il eût fallu être émancipé de toutes croyances surnaturelles, ce qui n'était pas leur fait. Mais, poursuivons.

Subissant donc sa dépendance à l'égard de ceux qu'il a investis d'une autorité supérieure à la sienne et qui ont vécu dans l'intimité de Jésus, Paul veut faire un dernier effort pour mettre fin à une hostilité dont il a mesuré toute la gravité. C'est à Jérusalem qu'il veut retourner. De toutes parts on lui signale les mauvaises dispositions qu'il y trouvera. Son cœur ne lui permet pas de croire que sa visite restera sans effet. Apôtre de ce Jésus, dont ses fréquentes hallucinations le rapprochent sans cesse, ce Jésus l'abandonnera-t-il dans l'épreuve qu'il va tenter en son nom, ne dessillera-t-il pas tous les yeux? La collecte qu'il apporte au nom de toutes les églises qui se sont ralliées à lui, ne constitue-t-elle pas de la part de celles-ci une sorte d'invitation à la concorde, presque une prière de faire cesser un malentendu, dont souffrent tous les cœurs? Voilà certes, dans quelles dispositions Paul retourne à Jérusalem. Sans tenir compte des pressentiments qui l'assaillent, des avertissements qui lui arrivent de tous côtés, il persiste dans sa résolution. Il arrive à Jérusalem, après un périlleux voyage. C'est Tite, Timothée, Luc, Barnabé, qui l'accompagnent. Les actes, écrits dans un esprit de conciliation qui altère la vérité de l'histoire, ont évidemment dénaturé ce qui s'est passé dans cette visite de Paul à ceux qu'on qualifie de Colonnes, et que préside toujours le fanatique saint Jacques. Les épîtres ne sont plus là pour établir un contrôle. Quoi qu'il en soit, c'est comme violateur de la loi qu'il est reçu. Il faut qu'il se rétracte. Le vœu du naziréat qu'on lui impose à cet effet, et qu'il accepte dans un esprit de réconciliation, suffira-t-il pour assurer sa vie ? Les actes, malgré leur réserve, nous autorisent à penser que les fanatiques qui vont le relancer dans le temple, où il accomplit le vœu qui lui est imposé, ont été poussés contre lui par l'entourage même de Jacques. Paul est leur adversaire, sa perte peut les délivrer d'un ennemi, qu'ils ont déjà poursuivi à travers ses missions, qu'ils n'ont cessé de couvrir d'un flot d'injures.

L'intervention de l'autorité romaine est nécessaire pour arracher l'imprudent apôtre à la foule qui le tenait déjà. C'est en invoquant sa qualité de citoyen romain, dont il a hérité, dit-il, de sa famille, qu'il peut se préserver d'un supplice infâmant, la flagellation, qu'on se dispose à lui infliger. Traîné devant un tribunal où sa perte est assurée, il ne doit son salut qu'en se déclarant pharisien. Il jette heureusement ainsi la discorde parmi ses juges, en partie composés de Pharisiens et de Sadducéens. Il peut être réclamé, dans le trouble qui survient, par l'autorité romaine, qui a eu la faiblesse de consentir à sa comparution. Conduit à Césarée, sous bonne escorte, pour échapper à la poursuite des furieux ameutés contre lui, il comparaît devant le procurateur romain. Ce n'est qu'en faisant appel à César qu'il évite d'être reconduit à Jérusalem pour être jugé par ses ennemis. La prison de Paul, à Césarée, disent les actes, qui deviennent, à partir de ce moment, plus véridiques, ne fut pas bien rigoureuse, puisqu'il a pu recevoir ceux qui l'avaient accompagné à Jérusalem. Il a même pu, par eux, continuer ses prédications.

Après une terrible traversée que les actes racontent dans ses moindres détails, Paul arrive enfin au lieu de sa destination. En débarquant, disent-ils à Pouzzoles, une députation de l'Église de Rome vient au devant de lui et l'accueille avec les témoignages de la plus vive sympathie.

Enfin, après de cruelles épreuves, il arrive dans la ville éternelle, qu'il a toujours désiré de visiter, pour y continuer son apostolat.

Qu'était-ce que cette église de Rome à laquelle le novateur a adressé sa plus décisive épître, où toute sa doctrine se trouve en quelque sorte résumée? C'est un testament, a-t-on dit de cette épître, et elle a, à certains égards, ce caractère. Elle fut écrite peu de temps avant d'entreprendre le funeste voyage de Jérusalem. Elle fut adressée d'abord aux principales églises fondées par l'apôtre et devait leur être portée par ses fidèles compagnons de lutte et d'infortune. Quelques additions spéciales y sont faites pour l'église de Rome. Le thème principal, c'est la justification par la foi et par la grâce du seigneur Jésus. Mais revenons. Quel était l'esprit de cette église de Rome; quelle en était la composition, quel en avait été le fondateur? N'y avait-il que des disciples de Paul? Ce sont autant de questions auxquelles il est bien difficile de répondre. Votre foi est célèbre par tout le monde, écrit l'apôtre, à ceux de la grande cité; elle nous est commune, ajoute-t-il. Ses salutations s'adressent à des personnes de Rome, avec lesquelles il paraît être en relation. On distingue parmi elles Aquilla et Priscille sa femme. C'est Phébée, diaconesse de l'Église de Cinchrée qui est chargée de la remise de son épître. Paul recommande son émissaire d'une manière digne des saints. Timothée, qui est le compagnon de nos travaux, dit-il, et Lucius et Jason et Sosipater, nos parents, vous saluent. Tout cela n'indique-t-il pas que l'apôtre a des amis à Rome, où il est connu, et qui connaissent plusieurs de ceux qui l'entourent. Ne peut-on admettre entre eux une certaine communauté de foi, comme il le dit ailleurs. Les actes ne disent-ils pas aussi que c'est une certaine délégation de l'église de Rome qui vient au-devant de lui, à son arrivée à Pouzzoles.

Quel est l'esprit qui règne dans cette église de Rome? Est-ce l'esprit de Pierre? Nous venons de voir que saint Paul y avait des partisans. Pierre en a-t-il aussi? Qui a fondé cette église qui paraît être assez importante? Les Juifs étaient nombreux à Rome, avons-nous déjà fait remarquer. Ils remplissent tout un quartier au-delà du Tibre. De fréquentes relations mettaient certainement Rome en rapport avec la Judée et surtout avec Jérusalem depuis les temps de Pompée. Tout ce qui se passait dans la métropole juive pouvait et devait y être connu. Suétone parle d'un certain Chrestus qui y provoque une émeute, que Claude réprima en chassant les Juifs, parmi lesquels se trouvaient vraisemblablement des chrétiens. L'opposition des deux écoles de Paul et de Pierre pouvait-elle y être ignorée ?

La tradition dit que ce fut saint Pierre qui fonda l'Église de Rome; après l'extension du christianisme dans le monde romain, pouvait-on lui assigner un autre fondateur que le premier des apôtres? Rien ne prouve cependant que saint Pierre soit jamais allé à Rome. On ne sait pas grand'chose non plus du séjour de saint Paul dans la ville éternelle. Tout n'est, à cet égard, que conjectures. Paul semble cependant y avoir joui d'une grande liberté. A-t-il comparu devant le tribunal de César? On n'en sait rien. Les quelques épîtres, qu'on lui fait écrire de Rome, sont certainement apocryphes et n'ont pu émaner que de ses disciples. Dans la traduction même, que nous en avons, on ne peut trouver ni l'esprit de l'apôtre ni le contexte de ses lettres. La tradition chrétienne le fait tomber sous le glaive; d'autres le font disparaître avec les Juifs sacrifiés aux caprices de Néron, dans l'incendie de Rome. Le supplice de saint Pierre, crucifié la tête en bas, par une faveur spéciale, par respect pour son maître, est une supposition qui appartient à la légende. C'est à l'âge de soixante-quatre ans qu'on fixe la mort de saint Paul, le siècle avait soixante ans. Il y a là une contradiction historique. Dans quelques années Jérusalem sera détruit de fond en comble par les armées romaines lors d'une lutte mémorable dans l'histoire.

Le grand athlète a disparu, son œuvre lui survivra-telle? Elle traversera les siècles, mais son nom restera éclipsé, jusqu'à ce que l'histoire mieux renseignée lui ait restitué sa gloire voilée sous un autre nom. La mort du novateur a-t-elle mis fin à la lutte des deux Églises? Non, elle va continuer encore, jusqu'à ce que Sion ne soit plus qu'un amas de cendres. C'est une œuvre de haine que poursuivent les disciples de Jésus. C'est encore de leurs invectives qu'ils souillent la mémoire de l'homme trop élevé au-dessus d'eux pour avoir été compris. Dans certaines épîtres apocryphes, dans l'apocalypse, sous des épithètes injurieuses on retrouve l'ennemi dont le souvenir tourmente l'implacable secte. Toutes les églises fondées par lui vont se trouver pendant un certain temps livrées au désordre. On ne peut dire cependant que les disciples de Paul soient restés après lui inactifs. Ces épîtres qu'on attribue à l'apôtre et qui sont empreintes de son esprit, quels en sont les auteurs? Ne faut-il pas y voir la main de ceux à qui il a légué son héritage et qui le défendent contre d'implacables adversaires, qui ne diffèrent de la masse judaïsante que par de stériles espérances messianiques? La loi où les Pharisiens avancés ont vu le principal obstacle à leur propagande, ils la pratiquent rigoureusement et repoussent loin d'eux tous ceux qui n'en acceptent pas les dures prescriptions.

Est-ce avec ce léger bagage d'espérances, si souvent déçues, qu'ils peuvent franchir les étroites limites de la Judée? Quel enseignement moral nouveau apportent-ils, d'ailleurs, dans ce monde dont ils sont incapables de sonder les plaies. Tout ce qu'a enseigné à cet égard leur maître ne se trouve-t-il pas dans l'enseignement des synagogues. Rien de nouveau sous le soleil, dira encore l'Ecclésiaste.

Les évangiles ne sont pas encore écrits, les actes ne le seront que beaucoup plus tard. Aucune nouvelle doctrine, en dehors de la loi mosaïque, n'est à opposer à celle si lumineuse, si élevée que combattent les disciples de Jésus. C'est, nous le répétons, une œuvre de haine qu'ils poursuivent. S'ils avaient pu être conscients de leurs actes, l'histoire n'aurait plus qu'à flétrir la plupart des noms qui figurent au martyrologe primitif de l'Église et qu'entoure encore de respect la piété chrétienne.

Jérusalem n'est plus, les soldats de Titus ont porté la flamme dans son sanctuaire vénéré. Ceux qui formaient cette insociable église de Jésus, ces quelques rares disciples survivant encore, accablés d'ans, sont dispersés. Quelques-uns, réunis dans la Battanée, se confinent dans leurs aspirations d'un autre temps. Mais l'œuvre du grand apôtre est encore debout, ses églises se sont reconstituées; si elles ne sont pas florissantes, elles ont traversé la crise et résisté à toutes les attaques. Elles ont conscience qu'elles portent dans leur sein la rédemption du monde. Mais ce rédempteur sorti du cerveau du novateur va se présenter à ce monde en désarroi sous un autre aspect; c'est une transformation presque fatale qu'il va subir. Pure émanation divine pour saint Paul, il va revêtir un autre caractère qui le rapprochera de plus en plus de la divinité. Dieu le père lui-même s'effacera pendant longtemps sous cette auréole de gloire dont on va entourer cet être sans antécédents, qui a traversé la mort pour le salut de tous.

Le génie grec, bien différent en cela de celui d'Israël, n'aura aucune peine pour opérer cette transformation. Le polythéisme, si favorable au développement de l'imagination et à l'essor de nos facultés esthétiques, s'y prêtera aisément. Ce n'est plus l'implacable Jéhova, ce dieu souvent sans miséricorde, à qui restera la puissance souveraine. Le *fatum* de Rome va lui être substitué. A lui la prépondérance en toutes choses et l'immuabilité, veillant sur l'ordre général. C'est à un autre lui-même qu'il va confier le domaine moral, à ce fils né de la femme, dans un ineffable mystère. Tout cela ne pouvait évidemment trouver place dans un cerveau juif. A nos deux attributs généraux, le caractère et le sentiment, s'adjoindra bientôt le troisième, l'esprit. Ainsi se constituera la trinité, cet insondable mystère que la foi chrétienne devra accepter. Ce dieu en trois personnes ne pouvait rien avoir d'inadmissible pour des populations où le génie polythéique restait toujours prépondérant. Mais c'était un objet de dérision pour Israël dont il compromettait l'unité séculaire d'adoration.

Le grand philosophe contemporain, dont je m'honore, Madame, d'avoir été l'un des premiers disciples, a fait un remarquable rapprochement entre la conception paulinienne et celle du prince des philosophes. Permettez-moi de la rappeler ici. Si Dante ne l'a pas fait avant lui, il en a eu le pressentiment. Pour celui qu'il qualifie de maître de ceux qui savent, *il maestro di color che sanno,* pour l'incomparable Aristote, la direction de toutes choses est laissée à une puissance prépondérante, à laquelle il accorde deux ministres généraux, le *destin* et la *fortune*. A l'un, les lois connues, dit le philosophe contemporain, parlant le langage scientifique, à l'autre, les lois inconnues. La conception paulinienne peut découler, dit-il encore, de celle du maître du savoir. Le moteur suprême, tout en se réservant la direction du domaine supérieur, peut confier à une émanation de lui-même le domaine moral. Le monothéisme de saint Paul, d'une origine théocratique, comme celui d'Aristote, se rattache de la sorte à cette condensation du polythéisme grec, dont ce dernier sentait déjà la nécessité sociale et morale.

Mais, revenons, Madame, à ces continuateurs du grand novateur. La dispersion de la petite coterie judéo-chrétienne va leur laisser les coudées franches.

Un grand travail de conciliation va maintenant s'accomplir. Le mystique Jésus de l'apôtre a pris le dessus. Le prophète de Galilée s'efface de plus en plus devant lui. On reconnaît le rédempteur attendu; le péché meurt avec lui par son divin sacrifice. La foi doit primer désormais les œuvres et suffit au salut. Saint Pierre, associé à saint Paul, devient le chef de l'Église militante. Le siège de Rome lui est naturellement réservé. Comme son maître, il subira le supplice de la croix, la tête en bas par déférence pour lui. La congestion l'aura préservé des angoisses de la mort. Dans l'épître qu'on lui attribue, il va marcher d'accord avec Paul, le secondant dans la mission qu'il a acceptée auprès des Gentils. Toutes les églises que Paul a fondées honoreront comme fondateurs les disciples les plus en renom de Jésus. Le fougueux saint Jean, ce fils du tonnerre, sera le disciple chéri. Il s'endormira sur le sein du Seigneur.

Il faut maintenant une vie de Jésus ; on en préparera les matériaux. On fera appel au souvenir des plus anciens disciples. Sa messianité ressortira déjà dès ses premiers pas en Galilée. Les miracles se multiplieront sous ses pas. Lorsqu'il fuira les fureurs d'Antipas, ce sera sur la montagne qu'il se sera élevé pour jeûner pendant quarante jours et résister aux tentations de Satan. Le Saint-Esprit descend sur lui sous la forme d'une colombe dans les eaux du Jourdain. Une voix se fait alors entendre : C'est mon fils bien-aimé, en qui j'ai mis toute ma confiance. Il se transfigurera sur le mont Thabor ; on le voit rayonnant de lumières entre Élie et Moïse. A ce Messie, désormais fils de Dieu, il faut une généalogie. On ne tardera pas à lui en constituer une et même deux. Il doit naître d'une vierge, ainsi l'a annoncé le prophète. Un ange en informe sa mère. Sa naissance épouvante le vieil Hérode, qui, pour l'atteindre, ordonnera le massacre des Innocents. Hérode dormait déjà depuis trois ans dans le sépulcre de ses pères.

Le merveilleux qui règne dans les évangiles leur enlève naturellement tout caractère historique. Pas un des disciples du prophète de Galilée n'aurait ajouté foi à ce qu'on y trouve. Une bien grande révolution s'est donc opérée dans les esprits pour donner à la légende un tel caractère d'authenticité, charmante parfois à bien des égards ; mais qui y trouvera le souffle des primitives prédications de Jésus ? En ouvrant la voie au merveilleux il fallait s'attendre à être un jour forcé d'en accepter toutes les conséquences. Ne faisons pas un crime cependant à la crédulité humaine. Étrangers d'abord, autant que pouvaient l'être les animaux supérieurs, au monde réel, de tout temps nous n'avons pu être dirigés que par des légendes. Ne les trouve-t-on pas plus ou moins appropriées à nos besoins, sur tous les points du globe.

En rapprochant les trois premiers évangiles, qualifiés de synoptiques, parce qu'ils ne diffèrent pas complètement entre eux, on assiste en quelque sorte aux progrès du merveilleux, qui y domine de plus en plus suivant l'ordre de leur apparition. Les deux premiers, écrits d'après les souvenirs de témoins oculaires, n'ont pas encore dépouillé le prophète de Galilée de tout caractère humain. Le troisième nous lance en plein dans la légende. C'est, dit-on, un disciple de Paul qui en est l'auteur. Le *secundum* qui précède son nom, comme ceux des deux autres évangélistes, nous montre assez que son œuvre, comme les leurs, a été remaniée, dirons-nous, pour les besoins de la cause. C'est encore saint Luc qu'on nous donne comme l'auteur des actes dits des apôtres. Que sont donc ces actes qui diffèrent tant dans leur rédaction des faits et des écrits les mieux connus! Quel crédit leur accorder! L'Église ne tient pas moins pour authentique tout ce qu'on y trouve. A quelle date ont-ils été écrits et quels en sont les véritables auteurs? Il est bien difficile de répondre à ces questions. Comme les trois premiers évangiles, ils ne peuvent avoir été écrits que plusieurs années après l'effondrement de la métropole juive. C'est une œuvre de conciliation, avons-nous dit, mais assez maladroitement exécutée. Il s'agissait de mettre tout le monde d'accord, Pierre et Paul. Rien de moins historique que ces actes ; mais, comme les évangiles, tels qu'ils sont, ils ont été adoptés par l'Église ; le respect populaire les a entourés de vénération.

Le catholicisme, c'est-à-dire une doctrine visant à l'universalité, est désormais constitué. Basé sur la culture morale, il va traverser les siècles, remplissant sa destination sociale, pour compléter en quelque sorte l'œuvre des temps antérieurs et concourir, à sa manière, à la préparation des forces humaines, que le présent doit maintenant combiner en vue de l'avenir, dit le grand novateur contemporain. Son dogme, réduit à ses parties principales : l'Incarnation, la Chute, la Rédemption et l'Eucharistie, va se compléter bientôt par une dernière addition, la Trinité.

L'Esprit de Dieu, pendant toute l'antiquité juive, plane partout, c'est lui qui inspire les prophètes ; il est descendu, dit la légende, sur les apôtres réunis, sous la forme de langues de feu ; il a pris l'apparence d'une colombe, pour annoncer la messianité du fils de Dieu ; mais on n'en a pas encore fait un personnage distinct. C'est à l'intervention de la philosophie grecque, dans ce qu'elle a de plus subtil, le platonisme, qu'est dû ce progrès, destiné à investir la toute-puissance divine de tous les grands attributs humains, le sentiment, l'intelligence et le caractère ; en ce dernier réside la puissance et la force. Avec cette dernière addition, on peut le dire, le dogme catholique est complet. Tout ce qu'on y ajoutera plus tard ne peut être que secondaire.

Une grave question s'est déjà posée, Madame, elle se pose encore quand on a mesuré toute l'étendue de ce qu'on doit au grand novateur. On peut, en effet, se demander ce que serait devenue l'œuvre de Jésus, sans l'intervention de celui que l'Église a honoré sous le titre modeste d'apôtre des Gentils. On peut assurer qu'elle eut été de courte durée, moins persistante même que celle autrement élevée du grand baptiseur, chez lequel le grand philosophe contemporain a pu voir le précurseur juif de saint Paul lui-même. Le nom de Jésus nous aurait été moins connu que ceux de Judas le Gaulonite, de Theudas, de Bar-Koziba, qui appartiennent à l'histoire, que les auteurs contemporains n'ont pu ignorer. Quelques mots qu'on trouve dans Flavius Josèphe concernant Jésus ont été justement considérés comme interpolés.

Dans une autre épître, qui ne sera peut-être pas la dernière, vous me permettrez, Madame, de suivre, avec vous, la pensée paulinienne à travers les siècles.

MADAME,

Cette troisième épître achèvera, j'espère, de vous édifier sur le grand novateur dont j'ai entrepris de vous montrer l'imposante figure. Une philosophie supérieure pouvait seule le placer à la hauteur qui lui convient dans l'histoire et lui assurer la reconnaissance qui lui est due. C'est un père de l'Église universelle que nous avons devant nous, de cette Église dont il faut chercher les origines, bien au-delà de nous, dont les premières assises, on peut le dire, ont été posées par ces hommes inconnus, qui, depuis la réunion des premières sociétés humaines, ont entrepris d'arracher l'homme à l'animalité et d'en faire un être sociable. Instituer la culture du sentiment que ses prédécesseurs théocratiques ou autres n'avaient fait qu'ébaucher, tel est le but que s'était implicitement attribué le grand saint Paul. C'est à la postérité à entourer désormais sa tête de cette auréole de gloire, qu'un autre a portée jusqu'ici sans y avoir aucun titre. Dans sa prière quotidienne, son émule, le grand novateur contemporain, se plaisait à associer son nom à celui du prince des philosophes : Aristote et saint Paul sont par toi combinés, pouvait-il dire à sa sainte compagne, à son inspiratrice, à celle qui régénéra son âme et seconda sa pensée. *In te misericordia, in te pietade, in te s'aduna quantumque in creatura e di bontade,* avait proclamé, six siècles auparavant, le poète florentin, en glorifiant la commune inspiratrice de tous les cœurs élevés. Saint Paul fut entouré de saintes femmes, elles l'assistèrent dans les moments difficiles de son exceptionnelle mission et soutinrent son courage lorsque les déceptions jetaient le trouble dans son âme. *Fatigatus, sed non lassatur*, fatigué, mais non découragé, pouvait-on dire de lui. Ne devait-il pas être parfois fatigué dans les épreuves d'une vie que soutenait seule sa foi en l'avenir? Toujours fut présent à son esprit ce type mystique, institué par lui comme une ineffable aspiration vers le bien.

Mais descendons, Madame, des hauteurs où nous a élevés la contemplation de cette grande figure.

A la religion qu'il a fondée, il faut un résumé, destiné à nous en présenter les divers aspects, dans une image appropriée. Le mystère eucharistique remplit ici cet office : culte, dogme et régime, s'y trouvent, en effet, condensés. N'offre-t-il pas un aliment au sentiment, un enseignement pour l'esprit et aussi un but à l'activité? Je crois vous avoir suffisamment montré, Madame, que c'est à saint Paul lui-même qu'il faut en attribuer l'institution. A tous croyants, il faut encore des signes de reconnaissance et de rapprochement. Telle fut la destination de cette croix élevée sur les autels et du signe qui s'y rattache. Lorsque les disciples de Jésus semblaient cacher le supplice infamant infligé à leur maître, n'est-ce pas Paul qui vient prêcher le grand crucifié, qui en fait le rédempteur du péché qui pesait sur tout le genre humain? C'est aussi au grand précurseur juif de l'apôtre, au grand baptiseur, que les chrétiens vont emprunter le baptême par l'eau, que Jésus n'a jamais pratiqué.

Comme vous le voyez, Madame, dans les plus importants détails du culte nouveau, aussi bien que dans son résumé fondamental, c'est l'empreinte, ou la pensée du grand novateur qu'on trouve toujours. Jésus lui-même, tel qu'il apparaît aux croyants, n'est-il pas une institution paulinienne?

La disparition de l'apôtre laisse pour un temps sans direction les églises qu'il a fondées. La persécution judéo-chrétienne devait se ralentir à l'approche de la crise qui allait livrer aux flammes la Cité sainte. Saint Jacques, son principal agent, venait d'être sacrifié aux haines du pontificat juif. Quoi qu'il en soit, l'absence de direction ne compromit que passagèrement la propagande des églises fondées par saint Paul. Que pouvait leur opposer la coterie judéo-chrétienne ? Les souvenirs de Jésus ne pouvaient, certes, constituer un corps de doctrine. Retirés dans la Batanée, en prévision de la catastrophe qui menaçait le monde juif, ceux des disciples du prophète malheureux qui vivaient encore, s'ils restèrent toujours implacables pour leurs adversaires, ne s'isolèrent pas moins de plus en plus. Ils formèrent un groupe à part sous le nom d'Eboïm ou de Nazaréens. C'est chez eux, dit-on, que s'inspira Mahomet.

Mais un danger bien grand menaçait l'œuvre du grand apôtre, il devait même, jusqu'à un certain point, en altérer l'esprit, par les concessions qu'il fallut faire à la stérile philosophie grecque qui régnait à Alexandrie.

Tout monothéisme, avant d'arriver au pur déisme, suppose un révélateur, avons-nous dit. Moïse, Mahomet, furent des révélateurs, et saint Paul en fit un de Jésus. La simplicité des dogmes mosaïque et islamique ne permettait aucune discussion sur les attributs divins. Il n'en fut pas ainsi du révélateur paulinien. Pour le grand apôtre, Jésus, comme Adam, ne fut qu'une émanation divine. La distance qu'il laissa entre cet être exceptionnel et Dieu fut bientôt franchie par les discoureurs de la ville des Ptolémées, tous façonnés à la nuageuse philosophie de Platon. C'est de cette philosophie, qu'on qualifia de néo-platonisme, que sortit le quatrième évangile.

Ce n'est plus le Jésus des premiers disciples, ni même celui de saint Paul que nous trouvons ici ; c'est une entité, une abstraction métaphysique, qu'on a personnifiée ; c'est le Verbe. C'est par son Verbe que le moteur de toutes choses préside à tout. Ce Verbe, à un moment donné, s'est fait chair et a habité parmi nous. Voilà qu'apparaît un nouveau Jésus, Dieu lui-même. Le quatrième évangile est du milieu du IIe siècle. On voit quelle distance a été parcourue dans l'espace d'un siècle par la pensée chrétienne. Tout ce qu'il y avait d'humain dans Jésus a à peu près disparu. On en fait désormais un type dégagé de toutes nos misères. Que va devenir, en ces nouvelles conditions, le sacrifice de la croix? Le supplice n'est plus qu'une jonglerie, dont Celse et Lucien peuvent rire tout à leur aise. Pour saint Paul, Jésus avait conservé jusque sur la croix sa nature humaine, quoique issu d'une émanation divine. C'est comme Enoch, comme Élie qu'il est enlevé au ciel. Qu'on n'oublie pas que l'Église, justement alarmée par les idées Johanniques, tint pendant longtemps pour apocryphe le quatrième évangile. Il ne fut accepté que longtemps après son apparition. Ce Jésus nouveau, avec ses grands discours, ses sentences solennelles, convenait sans doute mieux à la vanité néo-platonicienne, que le rédempteur mis en croix pour le salut de tous. En lui, tout est désormais divin, jusqu'aux moindres actes de la vie.

Ce quatrième évangile est attribué par la foi chrétienne à saint Jean, au disciple aimé de Jésus, que la légende fait reposer sur son sein. Rien ne coûte à la foi. On prolongera autant qu'il sera nécessaire la vie de l'homme de Pathmos, pour concilier la légende et les faits. C'est le procédé toujours employé. C'est ainsi qu'on attribua au prophète Daniel un livre écrit sous les Macchabées.

Au quatrième évangile succèdent d'autres, qu'on qualifiera d'apocryphes, que l'Église rejettera à cause de leur désaccord avec ceux qu'elle a conservés, et aussi parce qu'on n'y trouve pas la gravité que réclame le sujet. On a entre autres l'évangile de l'enfance de Jésus. Le Dieu adolescent est ce qu'on appellerait de nos jours un enfant terrible. Il fait des tours à ses petits camarades. L'évangile de Marie nous raconte la naissance miraculeuse de sa mère, l'éducation qu'elle reçut dans le temple, où elle fut confiée au vieux Joseph, gardien de sa virginité. Dans l'évangile de Nicodème, nous trouvons la descente de Jésus aux enfers. Il délivre les patriarches et les saints personnages qui y ont été détenus jusqu'à lui. Dante accepte la légende.

Si, dans les trois évangiles dits synoptiques, Jésus n'est encore que le Messie attendu, dans les apocryphes sa divinité est affirmée. Le génie grec qui domine chez tous les nouveau-venus ne pouvait guère se contenter d'un révélateur, simple émanation de Dieu. La distance devait être franchie rapidement. C'est ce qui arriva dès le milieu du IIe siècle. Quoi qu'il en soit, on est cependant toujours forcé de rattacher à l'œuvre de saint Paul, une transformation que le Jésus de ses disciples et même des synoptiques n'eût jamais comportée.

L'Église dut naturellement, lorsqu'elle fut définitivement constituée, rejeter toutes ces naïves innovations ; mais il n'est pas moins vrai que la masse des fidèles les adopta pendant longtemps. C'est dans ces évangiles, le croira-t-on, que l'Église a puisé ses principales fêtes. « Les plus belles fêtes chrétiennes, l'Assomption, la Présentation de la Vierge, n'ont aucun appui dans les évangiles canoniques; ils en ont dans les apocryphes. La riche ciselure des légendes, qui a fait de Noël le joyau de l'année chrétienne, est taillée pour une grande partie dans les apocryphes. La même littérature a créé l'enfant Jésus. La dévotion à la Vierge y trouve presque tous ses arguments. L'importance de saint Joseph en provient tout entière. L'art chrétien doit enfin à ces compositions, très faibles au point de vue littéraire, mais singulièrement naïves et plastiques, quelques-uns de ses plus beaux sujets. L'Iconographie chrétienne, soit byzantine, soit latine, y a toutes ses racines. L'école pérugine n'aurait eu aucun *sposalizio;* l'école vénitienne aucune assomption, aucune présentation ; l'école byzantine aucune descente de Jésus dans les limbes, sans les apocryphes. La crèche de Jésus manquerait sans eux de ses plus jolis détails. Leur avantage c'était leur infériorité même. Les évangiles canoniques étaient une trop forte lecture pour le peuple. Des récits vulgaires, souvent bas, étaient mieux au niveau de la foule que le sermon sur la montagne ou les discours du quatrième évangile » (Renan, *L'Église chrétienne*).

Faut-il maintenant parler des hérésies de toutes sortes que la philosophie néo-platonicienne d'Alexandrie va jeter sur l'Église de Paul, obligée déjà à tant de concession? On a sans doute remarqué que le grand apôtre, dans sa prédication, a laissé de côté la terre d'Égypte, malgré tous les souvenirs bibliques qui s'y rattachaient. Son esprit, plein de rectitude et d'à-propos a compris qu'il s'y trouverait aux prises avec les dispositions sophistiques qui y régnaient.

Les discoureurs d'Alexandrie n'auraient pu s'accommoder de l'émanation divine de saint-Paul. Nous avons vu déjà arriver le *logos* johannique. Placés à un point de vue tout intellectuel, privés de tout correctif social, c'est pour eux une intelligence supérieure qui règle toutes choses, le *gnosis*, duquel émane tout et qui préside à tout. Ce n'est plus, comme sous le vieux polythéisme, à des divinités que sont confiés les divers départements naturels, c'est de certaines abstractions que tout va relever sous la présidence de l'intelligence suprême. Ce sont ces diverses abstractions qui constituent ce qu'on a nommé les *éons.* Jésus lui-même n'est qu'un éon, émanation de la puissance supérieure. Le *logos* Johannique ne saurait avoir d'autre origine.

Mais, parmi toutes ces hérésies qui viennent troubler l'église naissante, il en est deux qui doivent persister longtemps et se reproduire sous des formes variées, ce sont : le *Manichéïsme* et l'*Arianisme*. L'une reconnaît deux puissances dans le gouvernement des choses du monde : le bien et le mal. Elle renverse de la sorte tout le système de l'Ancien et du Nouveau Testament. L'autre consiste dans la négation de la divinité de Jésus. Elle n'admet pas qu'il puisse y avoir unité dans la trinité, que le fils soit de même nature que le père, que le Saint-Esprit procède de lui. Nous verrons quels furent les motifs qui déterminèrent les empereurs grecs à se jeter dans l'arianisme.

Au milieu de toutes les luttes doctrinales, les églises de Paul s'organisent cependant. Elles ont une doctrine déjà fixée à opposer aux discoureurs alexandrins. Les chefs de ces diverses églises prennent la qualification d'évêques, et, par leur concours, constituent déjà un véritable gouvernement spirituel. Il n'existe néanmoins aucune Église prépondérante. La suprématie de l'Église de Rome n'est pas encore établie.

Quels sont ces évêques? sont-ce les premiers venus? Quoique l'on ne connaisse, en général, que fort peu de choses de leurs antécédents, les actes et les écrits qui sont restés d'eux prouvent assez qu'ils appartenaient à des familles ayant joui de quelque considération. On compte même parmi eux des patriciens, qui ont entraîné à leur suite toute une clientèle. Tout n'est donc pas venu d'en bas, comme on le dit quand on parle des origines chrétiennes. Il serait étrange qu'il en fût ainsi. Le catholicisme si on voulait bien examiner ses débuts, en s'affranchissant de la légende, pourrait nous apparaître comme l'œuvre d'une élite. Ici, comme dans tous les grands phénomènes sociaux, le mouvement se trouve préparé par un ensemble d'antécédents et fixé par quelques natures élevées, que suivent les masses, chez lesquelles résident les aspirations communes.

Vers la fin du second siècle, la propagande chrétienne est assez étendue pour inspirer des craintes aux autorités romaines. La grande masse des déshérités pourrait s'y rallier. Les Césars cumulent les pouvoirs politiques et religieux; ils sont aussi grands pontifes, il ne faut pas l'oublier, obligés de céder aux résistances populaires, hostiles à toute innovation. Les dieux de la patrie n'ont pas encore perdu tout crédit auprès des masses. Elles se contentent, sauf les esclaves, des jeux et du pain que leur octroie la munificence impériale. L'ère des martyrs va commencer pour l'Église.

On n'a pu comprendre comment les hommes les plus humains, les Trajan, les Marc-Aurèle, ont pu se prêter à des persécutions et les ordonner même contre les hommes les plus inoffensifs. Il y a là, Madame, une anomalie historique que je vous demande la permission de vous expliquer.

Aux géomètres du jour, Auguste Comte a pu demander,

sans obtenir de réponse, comment Hipparque, le plus grand astronome de l'antiquité, n'a pas trouvé les grandes lois que Képler découvrit dix-huit siècles après lui, celles qui règlent le mouvement planétaire. Une découverte de la plus grande importance, celle de la précession des équinoxes, qui fit la gloire d'Hipparque, fait remarquer le grand novateur contemporain, réclamait un génie aussi vigoureux que celui de Képler. Les instruments dont se servait celui-ci n'étaient guère plus précis que ceux qu'employait l'astronome de l'antiquité : le double mouvement de la terre était déjà soupçonné par tous les philosophes anciens. De nos jours, la réponse à une telle question arrive naturellement. La pression sociale, les idées dominantes au siècle des Ptolémées ont pu seules contenir les élans du génie d'Hipparque, aussi puissant que celui de Képler. On sait quelles oppositions trouvèrent, dans les idées théologiques de leur époque, les Copernic, les Képler, les Galilée. Ce n'est point, Madame, un hors-d'œuvre que tout ce que vous venez de lire et vous allez le voir.

Depuis César, les grands hommes d'État romains étaient descendus du ciel sur la terre et se rendaient parfaitement compte de l'épuisement de toutes les vieilles croyances polythéiques. Autour de ces grands esprits se trouvait la masse populaire, dont il fallait faire respecter les croyances, auxquelles tenait, d'ailleurs, la constitution de l'empire. Les empereurs, avons-nous dit, en leur qualité de pontifes, présidaient à toutes les consécrations religieuses. Dans leur dépendance politique la foi chrétienne ne pouvait avoir grand poids à leurs yeux. Lucien, Celse vont tourner en ridicule tous les mystères et à dix-huit siècles d'intervalle nous repaître de toutes les railleries de Voltaire. Ce dieu crucifié, ce sacrifice qui consistait à rester pendant trois jours endormi, tout cela pouvait-il être pris au sérieux par un peuple qui comptait dans ses annales des héros se vouant aux divinités infernales, mourant pour de bon pour le salut de la patrie? Mais ce que ces grands empereurs ne pouvaient voir, c'est que, malgré son insuffisance, au point de vue mental, cette doctrine allait servir au ralliement de tous les éléments épars, qu'avait mis en présence la conquête romaine, lesquels se trouvaient en pleine décomposition. Une nouvelle foi allait permettre au sacerdoce qui en émanerait d'instituer une culture morale sans exemple dans le passé. Les cœurs généreux de ces grands Césars ont dû souvent gémir à la vue de ces supplices si courageusement endurés. La belle lettre de Pline à Trajan, si elle n'est pas apocryphe, montrerait à la rigueur toutes les hésitations qui régnaient chez ces belles natures, trop élevées au-dessus de leur milieu et réduites à tout sacrifier à ses exigences. Le martyrologe chrétien est ici celui de l'Humanité tout entière. Le sang des martyrs a cimenté une ère nouvelle, il a fécondé cette portion de notre globe où s'est concentrée la culture des grands sentiments, en attendant que la science de son flambeau nous eut tiré du provisoire. Voilà, nous le répétons, ce que les grands empereurs ne pouvaient voir, ni même soupçonner. Les saintes victimes de leur politique ne les ont point maudits en mourant.

Après trois siècles d'intimes souffrances, le IVe siècle s'ouvre par le Concile de Nicée. L'Église a conquis le droit de vivre; elle peut rédiger son symbole, la foi est fixée. *Per ceder al pastor si fece greco*, a dit Dante en exaltant Constantin. La translation à Constantinople du siège de l'empire laissait vacante la ville éternelle. Le chef de l'Église pouvait s'y installer et de Rome présider aux destinées du monde chrétien. La séparation des deux pouvoirs était ainsi consacrée.

Le Concile de Nicée, après avoir établi son symbole, eut à combattre l'hérésie d'Arius. A ceux qu'avaient condamnés les évêques réunis, le fils du grand Constantin, à quelques années d'intervalle, va se montrer très sympathique. Il y a là une sorte de contradiction historique qui demande à être expliquée. L'arianisme est la grande affaire du moment. Il eut pour principal adversaire le grand évêque d'Alexandrie, saint Athanase lui-même. Arius niait la divinité de Jésus, alors acceptée de tous. En instituant un révélateur divin, ou plutôt d'une essence divine, saint Paul, avec une admirable intelligence de la situation, comprit qu'il fallait avant tout éviter tout motif de conflit avec l'autorité temporelle, c'est-à-dire avec la dictature romaine. Il sépara ainsi les deux pouvoirs, le conseil de l'action. Il instituait de la sorte une autorité supérieure, contre laquelle, en raison de son origine divine, aucun pouvoir humain ne pouvait prévaloir. L'arianisme, qui infirmait, contestait même cette autorité, ne pouvait manquer d'avoir toutes les sympathies des empereurs byzantins ; c'est ce qui arriva.

L'hérésie d'Arius eut des conséquences cruelles pour l'Église. Patronnée par les empereurs byzantins, c'est elle qui présida à la conversion des barbares orientaux. Les Goths la portèrent en Occident où elle suscita bien des ennuis à la papauté. Les rois goths n'y renoncèrent, pour ainsi dire, qu'à leur corps défendant ; ils y tenaient pour les mêmes raisons qu'avaient les Césars d'Orient. Les hommes d'armes de leur suite, imprégnés d'une telle doctrine, se montrèrent plus tard peu hostiles à l'invasion musulmane. L'islamisme ne différait pas sensiblement de la doctrine qu'ils avaient reçue. Jésus, réduit à l'état de prophète, ne pouvait constituer un adversaire bien sérieux pour le grand novateur oriental, lequel se recommandait d'un dieu unique et d'une révélation à peu près semblable à celle de l'arianisme.

Une autre hérésie, si on peut la qualifier ainsi, presque contemporaine de celle d'Arius, et qui aura son importance historique, est celle de Manès, le manichéisme. Elle est d'une origine tout orientale. Le dieu unique, distribuant le bien, est aussi, pour bien des gens, l'auteur du mal. Dans l'oraison dominicale, nous le voyons faire l'office de tentateur : *Et ne nos inducas in tentationem.* Les anges, dans l'Ancien Testament, n'apparaissent que bien tard, après la captivité, lors des contacts du peuple juif avec la monarchie persane. Ce n'est point contre un ange que lutte Jacob, c'est contre le *maléak* de Dieu, sa représentation.

L'âme est une institution toute grecque, à laquelle la théocratie égyptienne et même chaldéenne sont restées étrangères. On pourrait même fixer l'époque de son institution, c'est lorsque l'esprit d'abstraction s'introduisit chez les Grecs. Le maléak du mort n'était pas, comme on l'a dit, son âme, c'était sa ressemblance, à laquelle on conférait toutes ses qualités. Colligé en grande partie pendant la captivité, sauf le Deutéronome, d'après d'antiques traditions, le Pentateuque avait emprunté à l'Égypte cette institution. C'est aussi à la suite des contacts persans que nous voyons apparaître Satan, l'ange du Mal.

Après une vie fort agitée, Manès fut, dit-on, écorché par les ordres d'un monarque persan qui avait eu à s'en plaindre. On ne peut douter qu'il n'ait emprunté à la Perse les deux principes du bien et du mal : *Ormuzd* et *Ahriman*. Les disciples que laissa Manès adaptèrent, à leur manière, ses principes au dogme chrétien. Le manichéisme était, au IVe siècle, fort répandu en Afrique, puisque saint Augustin lui-même fut, pendant ses premières années, manichéen.

Le manichéisme traversa les siècles. On le retrouve chez les Albigeois, qui ne pouvaient le tenir que des Musulmans d'Espagne. Les contacts des deux fois rivales devaient conduire à l'émancipation de leurs croyants et multiplier les rapports. C'est ce qui arriva dans le cours des croisades, ainsi que le fait remarquer le grand philosophe moderne. Le premier des don Juan, qu'on ne l'oublie pas, fut Espagnol. Vous avez lu, Madame, dans vos jeunes années, un beau roman de Walter-Scott, *Ivanhoé*. Vous vous rappelez sans doute la conversation du templier Bois-Guilbert et de la belle juive, Rebecca, dans la tour en feu du château de Torquilstone. Vous avez vu une grande nature abjurant sa foi. Peu lui importait Jésus ou Mahomet. Le Dieu de l'Occident n'avait pas plus de crédit auprès d'elle que celui de l'Orient. Le même phénomène se produit des deux côtés des monts pyrénéens chez de grandes natures suffisamment émancipées par des contacts journaliers. Chez les masses, près du dieu du Bien s'éleva le dieu du Mal. Le dieu des prêtres était sans crédit pour elles. Mais revenons au IVe siècle, que le nom de saint Augustin va en grande partie remplir.

Le fatalisme est la conséquence inévitable de tout monothéisme, qu'il soit chrétien ou musulman. S'il reste dissimulé chez les Occidentaux, c'est que la soumission fut chez eux toujours volontaire, par le fait des mœurs militaires, qu'entretint la conquête romaine. Chez les Orientaux elle fut toujours imposée. La prescience et l'omnipotence divine impliquent naturellement le fatalisme. Nous devons rappeler maintenant que le dogme de la prédestination n'avait pas, pour saint Paul, la même portée qu'il eut pour ses continuateurs. Qu'on n'oublie pas que le grand apôtre croyait à la fin prochaine du monde et au second avènement de Jésus. Pour lui, la génération à laquelle il appartenait, allait bientôt disparaître. Elle vivait sous le coup du péché d'Adam. Son Dieu avait accordé la grâce à qui il avait voulu dans cette génération exceptionnelle, ainsi l'avait arrêté son impénétrable sagesse. Une pareille croyance ne pouvait évidemment convenir à une société destinée à traverser les siècles. Le millénarisme fixait à mille ans le règne de Dieu sur la terre, au milieu de ses élus, après le second avènement de son fils. Lorsque la succession des siècles eût dissipé toutes ces croyances, le dogme de la grâce se présenta avec toutes ses inconséquences. Saint-Augustin consacra son existence toute entière à vouloir concilier ce qui était inconciliable. La concession du libre arbitre ne fut au fond qu'un palliatif. La philosophie grecque concevait tout autrement que les chrétiens ce libre arbitre. C'était pour elle un acte de volonté, dont tout homme pouvait par lui-même devenir susceptible.

Une réaction contre cette doctrine de la grâce devait inévitablement se produire. Ce fut l'hérésie de Pélage.

Elle effaçait la rédemption et le christianisme même. L'opposition de la nature à la grâce qu'impliquait la doctrine paulinienne équivalait au fond à la négation des sentiments bienveillants chez l'homme. C'est par une grâce spéciale qu'ils lui étaient accordés. Ils constituaient un don qu'il avait perdu par le péché et qui pouvait lui être concédé de nouveau par la rédemption. Pélage niait par le fait la nécessité de la grâce, puisque, d'après lui, l'homme pouvait s'élever de lui-même à la perfection et acquérir les dons qui s'y trouvaient attachés. Une pareille doctrine devait être condamnée par l'Église et saint Augustin, en cette occasion, devint le plus ardent défenseur de ses dogmes. C'était la négation du christianisme.

Depuis la première moitié du IVe siècle, la doctrine catholique et la constitution de l'Église étaient définitivement fixées. Mais le vague qui règne dans une doctrine d'une institution aussi incertaine que celle qui résulte d'une révélation et dont l'agent est d'origine divine, laissait toujours les voies ouvertes à d'éternelles discussions, que la simplicité des dogmes mosaïque et islamique rendait à peu près impossible. L'Église, heureusement, allait être poussée à l'action et sortir de l'ère de la divagation par l'invasion des barbares. Leur conversion ouvrait un vaste champ à son activité. Elle va être, pendant près de quatre siècles, occupée à cette transformation. Un grand changement s'est opéré dans la société occidentale. Les esclaves sont soumis au servage ; les plébéiens, qui ne l'ont pas été, vont devenir les hommes d'armes des conquérants ; le patriciat romain, ou ce qui en restait, va fournir des directeurs spirituels à la nouvelle société. Les évêques qui préservèrent de la décomposition ces grandes municipalités qui surnagèrent au milieu des flots de la conquête, vont constituer un pouvoir spirituel. D'où sortaient ces évêques ? Qu'on remonte à leur origine et l'on reconnaîtra qu'ils étaient presque tous de vieilles races, les descendants des familles patriciennes de l'ancien monde romain. C'est eux qui vont se mêler aux barbares pour les fixer définitivement et les faire passer de leur polythéisme nomade au monothéisme chrétien. Rien ne vient d'en bas, avons-nous dit, que les aspirations générales. On en trouve ici la preuve; ces grands initiateurs ont l'audace et la prudence de leur extraction. Dans l'accomplissement de leur périlleuse mission, ils ont le sentiment du bien public, dont la nouvelle foi religieuse est l'expression. En travaillant pour le ciel, ce sont les intérêts humains qu'ils servent. Ils vont assister les nouveaux chefs, dont ils deviennent les conseillers. Auxiliaires, intelligents et instruits, du grand empereur d'Occident, ils feront briller dans sa cour les lumières du monde romain. Ils l'assisteront dans l'annexion de la Germanie pour compléter l'œuvre séculaire de Rome, que les Trajan, les Marc-Aurèle, n'ont pu achever.

Je me suis laissé aller, Madame, au cours de ces diverses considérations, sans oublier toutefois que c'est au grand apôtre que tous en Occident, nouveau-venus ou autres, doivent la foi qui les poussera à l'accomplissement des grandes choses qui vont maintenant leur incomber.

Le monde romain s'est partagé entre le christianisme et l'islamisme. Chacune de ses moitiés obéit à des croyances aussi absolues les unes que les autres. Elles vont se livrer à une lutte terrible qui menacera directement l'existence de celle qui se trouve consacrée à la culture plus spéciale du sentiment. Il y avait là un danger pour les destinées du monde. C'est un grand pape qui prépara la défense de l'Occident. C'est la poésie d'abord, s'inspirant des dangers de la chrétienté, qui l'assiste dans cette œuvre à jamais mémorable. La *Chanson de Roland*, d'un auteur longtemps inconnu, rappelant une défaite à venger, ne pouvait avoir d'autre but que de réunir dans une action collective les divers éléments de la chrétienté.

On peut, d'après le grand novateur contemporain, faire ici un rapprochement entre l'œuvre du chantre d'Achille et d'Ulysse et celle, bien modeste, il est vrai, du chantre de Roland. Nul doute qu'Homère n'ait voulu, dans son œuvre immortelle, préparer la Grèce tout entière à arrêter la marche des armées asiatiques, que Thémistocle devait repousser trois siècles plus tard.

Un événement bien grand se manifeste dans le cours de la lutte ; c'est durant les croisades que fut institué le culte de la Vierge, et cela sans rien de fortuit, j'ose le dire, Madame. Une telle institution, qu'on le remarque bien, fut contemporaine de celle de la chevalerie. Le mouvement qui portait l'Europe coalisée vers l'Orient, devait susciter l'élan des plus généreux sentiments et consacrer ainsi le dévouement des forts aux faibles. Le culte de la femme en sortit naturellement ; il prépara celui de la dame des cœurs inoccupés. C'est Saint-Bernard qui en fut l'inaugurateur ; c'est lui aussi qui écrivit l'office de la Vierge, qui donna en même temps la constitution de l'ordre affecté spécialement à la défense d'un tombeau.

Sous l'influence de la double institution de la chevalerie et du culte de la Vierge, une grande transformation s'opère dans la sentimentalité du monde catholico-féodal. Un érudit très laborieux, M. Didron, dans son iconographie chrétienne, nous montre que, jusqu'au XIIe siècle, il n'existait dans les églises aucune image de Dieu le père. Le fils régnait souverainement partout. C'est à lui que s'adressaient tous les hommages, toutes les demandes. Mais en le divinisant, comme on le fit, la pensée paulinienne, ainsi que nous l'avons dit, se trouva profondément altérée. Pour le grand apôtre, le rédempteur, pure émanation divine, sans être dieu lui-même, se présentait à la foi chrétienne comme un médiateur placé entre l'homme et Dieu, alors relégué dans un lointain inabordable. Le rôle de médiateur devenait difficile à conserver au fils, qui disposait aussi de la toute-puissance que nos misères rendaient inconciliable avec la bonté. Un semblable rôle, comme le comprit la tendresse chevaleresque, convenait mieux au type féminin. Aussi la mère se substitua-t-elle aisément au fils en ce rôle, dans tous les cœurs méridionaux. La Vierge des Croisés devint ainsi l'universelle médiatrice et son culte tendit à prévaloir dans tout le midi sur celui de Dieu. L'Église en parut-elle alarmée? On le dirait, quand on la voit commander à son grand docteur, à saint Thomas d'Aquin, l'office du Saint Sacrement. L'unité d'adoration se trouvait, en effet, compromise. Le grand philosophe contemporain n'avait-il pas quelque raison de voir dans cette institution un pressentiment du culte futur de l'Humanité, à qui les belles strophes de Dante pouvaient être appliquées, dans son idéalisme féminin, comme à la Vierge immaculée des Croisés, *Vergine Madre, figlia del tuo figlio... in te misericordia, in te pietate, in te s'aduna quantunque in creatura è di bontade.* Mère et fille, source de miséricorde, telle est, en effet, la femme dans ses plus nobles attributs, telle qu'elle sortit des hommages de nos chevaleresques aïeux. Dans cet être exceptionnel que nous présente le poète florentin, le moyen âge tout entier vint se résumer. Ceux qui demandent de nos jours à cette mémorable phase de l'évolution humaine plus qu'elle n'a donné, comprendront, avec une meilleure intelligence du passé, qu'elle a réalisé tout ce qu'on pouvait en attendre. La culture du sentiment lui était dévolue par l'ensemble de nos antécédents; elle s'en acquitta autant que faire se pouvait, avec les précaires moyens qu'elle eut à sa disposition.

Les forces humaines se trouvent désormais assez élaborées, par le concours de l'ensemble de nos prédécesseurs, tant grecs que romains ou féodaux, pour que le présent puisse accepter la mission de les combiner en vue de l'avenir.

Puisque, dans le cours de cette épître, le nom de saint Thomas est venu sous ma plume, un mot en passant, Madame, à propos de ce grand docteur qui illustra l'Église et que Saint-Louis daigna plus d'une fois faire asseoir à sa table. Le Catholicisme, qu'on a trop confondu avec le christianisme, ne sortit pas tout armé du cerveau de son fondateur, comme on le croit encore, ainsi que Minerve de celui de Jupiter. Ce fut aussi l'œuvre des siècles. Sur les grandes assises que posa saint Paul, il s'éleva progressivement. Il ne tira rien des évangiles, quoiqu'on ait dit. Qu'ont-ils en effet fourni ces évangiles, si ce n'est tout au plus un enseignement moral, guère supérieur à ce qu'on trouve chez les philosophes grecs et romains, ou chez les prophètes juifs eux-mêmes. Qui pourrait en faire sortir une organisation sociale? Il est temps de revenir de tout ce qu'on a dit à cet égard.

En lui-même le catholicisme, pas plus qu'aucune religion monothéique, ne comportait une systématisation, incompatible avec l'absolutisme d'un dogme, qui se trouva toujours en désaccord avec la réalité et souvent même avec les préceptes moraux institués par son sacerdoce, d'après une étude plus ou moins avancée de la nature humaine. C'est ce que tenta cependant saint Thomas dans sa mémorable *Somme*.

Dans cette œuvre immense qui, au fond, n'est rien moins que catholique, on trouve nettement abordées toutes les questions agitées par la philosophie grecque. L'argumentation du grand docteur consista, en beaucoup de cas, à rapprocher les opinions émises sur les divers sujets soulevés par saint Paul et Aristote, entre lesquels, il a instinctivement compris quelle affinité pouvait régner. Le dogme chrétien, miné par l'éveil de la pensée, semblait réclamer une tout autre consécration que celle qu'il tirait de la révélation. Par la tentative qui fut faite à cet égard par le grand saint nous entrons en pleine métaphysique, dans le domaine de l'abstraction, qui tend alors à prendre le dessus. On put s'apercevoir dès ce moment que les grands penseurs catholiques sont eux-mêmes déjà assaillis par le doute. Qui veut trop démontrer ne prouve-t-il pas par là qu'il n'est pas bien convaincu? C'est la réflexion que soulève la lecture du dernier des grands penseurs dont s'honore le catholicisme. Si, dans ce XIII$^{e}$ siècle, si remarquable, le catholicisme a atteint son apogée, on sent aussi venir le déclin. La science grecque qui arrive par les Arabes fait l'étonnement de tous. La scolastique est obligée de déclarer que si Dieu a créé des lois physiques, c'est pour n'avoir plus, en quelque sorte, à s'en occuper, se réservant le domaine social et moral. Quoi qu'il en soit, Albert le Grand lui-même enseigne Aristote, sa physique et son histoire naturelle. Le désaccord d'un tel enseignement avec celui de l'Église ne pouvait ne point se manifester.

L'ébranlement de toutes les consciences va susciter deux grandes tentatives : l'une s'adresse au sentiment, l'autre à l'esprit. On voit ainsi surgir les deux grandes figures de saint François et de saint Dominique. Derrière celui-ci on sent arriver l'inquisition; le catholicisme va bientôt être réduit à la défensive. C'est une ère douloureuse qui s'ouvre pour lui. La lutte des rois contre les papes en marque la première phase.

C'est un grand spectacle, mais parfois bien triste à contempler, Madame, que celui que vont nous présenter les six siècles qui nous séparent du commencement de cette mémorable lutte. C'est un double mouvement de décomposition et de recomposition qui va attirer notre attention. Le vieux dogme ne peut résister aux attaques de la raison. Celui qui doit le remplacer dans la direction des sociétés futures est encore dans ses langes. Le travail d'élaboration qui commence se poursuivra longtemps encore avant de montrer son côté organique. Contrairement à sa destination, il constituera un véritable dissolvant, de tout ce qu'on a cru jusqu'alors.

Les rois ont subalternisé leur clergé, qui méconnaissent de plus en plus leur mission et sacrifient les intérêts des faibles aux exigences des forts. Toutes les hérésies qui ont menacé l'Église à ses débuts vont se reproduire sous des formes nouvelles. Dans l'interrègne spirituel qui s'ouvre alors, une doctrine de négation a pu se constituer et l'explosion du protestantisme, cette sorte de parodie de l'islamisme, comme l'a dit Auguste Comte et de Maistre lui-même, va diviser la vieille république chrétienne en deux tronçons désormais irréconciliables.

La papauté, depuis son retour d'Avignon, absorbée par la constitution de sa principauté temporelle, est réduite à laisser la résistance aux dogmes révolutionnaires à la puissante compagnie qui s'organise autour d'elle, sous l'inspiration d'un vigoureux lutteur. Ce n'est pas le moment de juger, Madame, l'œuvre de Loyola ; mais on peut affirmer que, malgré la triste influence qu'elle exerça parfois autour d'elle, elle n'a pas moins arrêté la dissolution des éléments du monde chrétien qui avaient résisté à l'invasion protestante. Sans elle les églises nationales se seraient partout séparées de Rome, qui put conserver encore, grâce à elle, une prépondérance au moins officielle.

Vous n'êtes pas, Madame, sans avoir suivi les phases variées de la grande lutte du jésuitisme et du jansénisme, qui remplit tristement la fin d'un grand règne. Loin de moi de vouloir excuser les rigueurs d'un grand roi contre une célèbre association. Il faut cependant reconnaître que, pour ridiculiser une mémorable concession que faisait la puissante compagnie à l'esprit moderne et à la science de l'homme, Pascal n'eut pas toujours raison, quoique les rieurs fussent de son côté. Nous avons montré ce qu'il y avait de subtil dans la défense du dogme de la grâce entreprise par saint Augustin. La distinction anti-canonique, introduite par le jésuitisme dans le dogme de la grâce, en grâce suffisante et grâce efficace, répondait cependant aux exigences de la raison moderne. Pour l'homme social, que peut être, en effet, cette grâce suffisante, si ce n'est ce que nous portons en naissant de bonnes dispositions, fruit de l'hérédité et de l'action du passé sur chacun de nous et, si l'on veut, de l'Humanité sur l'individu ? En restant dans le même ordre d'idées, la grâce efficace n'est-elle pas le résultat de la culture que reçoit l'homme par l'éducation et des efforts qu'il fait pour s'améliorer ? Les protestants, comme les jansénistes, en restant dans la doctrine de saint Augustin, dont les nouveaux directeurs catholiques ne pouvaient méconnaître l'inefficacité, se montraient certainement plus éloignés de la vérité que leurs adversaires.

A côté du grand mouvement de décomposition dont je viens de montrer les grands traits, il y a aussi, parallèlement, on peut le dire, un mouvement de recomposition, peu apparent d'abord, il est vrai ; mais d'où doit sortir le dogme de l'avenir et, partant, une nouvelle direction pour la société. Tel est le résultat de la grande élaboration scientifique moderne qui s'est étendue graduellement des phénomènes inférieurs aux plus élevés. C'est de nos jours seulement qu'elle a atteint son faîte par l'institution de la science de l'homme et qu'elle nous permet désormais de combiner, en vue de l'avenir, les forces préparées par le passé.

Abuserai-je de votre patience, Madame, en vous montrant, dans une dernière épître, la solution d'un grand problème, on peut dire, posé depuis la formation des premières sociétés humaines et dont le grand saint Paul s'approcha, autant que pouvait le lui permettre l'état des esprits dont il prenait la direction ? Nous nous placerons avec lui sur le terrain de la grâce, de cette grâce qui résulte de l'action sur l'homme de l'Humanité tout entière, pour en faire un être sociable et effacer en lui les dernières empreintes de l'animalité. C'est ce que voulut le grand apôtre, en opposant la grâce à la nature.

---

Madame,

Encore donc une nouvelle épître, mais ce sera, à coup sûr, la dernière. Pour en être quitte envers le passé, il faut que vous me permettiez de remonter bien haut, bien au-delà du déluge, pourrai-je dire avec quelques-uns, jusqu'à l'homme sortant, non des mains d'un créateur, mais se dégageant des étreintes de l'animalité. C'est alors déjà, il faut le reconnaître, que se sont constituées les premières sociétés. A ces sociétés, quelque rudimentaires que vous les supposiez, il fallait des directeurs ; c'était pour elles une condition essentielle d'existence et de durée. Qu'ont pu se proposer ces directeurs? Implicitement ou explicitement, ils ont cherché à faire des sentiments, c'était la seule manière de se faire obéir, d'obtenir des volontés, et par suite des actes. Mais aux règles de conduite qu'ils furent amenés à constituer à cet effet, d'après l'expérience de chaque jour et les connaissances qu'ils pouvaient acquérir pour la conduite des hommes, il fallait une consécration. Cette consécration, d'où pouvait-elle venir? Que connaissait-on alors du monde réel? Rien, peut-on dire. Le type humain prévalut donc dans les explications qu'il fallait donner à tout ce qui frappait les yeux et éveillait l'attention. Il parut donc fort naturel d'attribuer à tout ce qui nous entourait des volontés semblables aux nôtres. Ce fut une manière de voir universelle. La vie fut ainsi conférée à tous les êtres, animés ou inanimés.

Tel fut le fétichisme, sur lequel s'éleva la première religion et d'où l'on tira tous les moyens de consécration aux actes de la vie. Que cela ne vous surprenne pas, Madame, car, à notre insu encore, quand la passion nous domine, quand elle est assez pressante pour ne pas nous permettre de consulter suffisamment ce qui se passe en nous ou autour de nous, c'est, au milieu souvent de la plus froide raison, à des dispositions fétichiques que nous revenons.

De semblables dispositions ne peuvent cependant persister indéfiniment dans la vie de l'espèce. On arrive d'abord à distinguer l'activité, dont sont doués tous les êtres, de la vie qui ne se manifeste que chez quelques-uns. Voilà un premier pas vers l'exploration du monde. Elle va susciter peu à peu de nouvelles notions. La plupart des grands phénomènes naturels seront progressivement placés sous la dépendance de volontés extérieures à nous, en tout semblable aux nôtres, et dont l'homme fournira encore le type. Ainsi prévaudront les dieux sur les fétiches, et, plus tard, Dieu lui-même sur les vieilles divinités, quand une meilleure connaissance du monde réel et de l'homme lui-même fera apercevoir une certaine harmonie au-dehors et réclamera de nouveaux moyens de direction.

Jetons maintenant, Madame, les yeux sur le globe que nous habitons. Vous aimez les voyages, vous avez de belles cartes autour de vous, vous y verrez un tout petit recoin, bien petit relativement à l'immensité terrestre. C'est là que s'est développée cette civilisation dont nous sommes justement si fiers. C'est le bassin de la Méditerranée. Fouillons dans ce bassin ; nous y verrons d'abord la vallée d'un grand fleuve, protégée par des déserts de sable et un bras de mer. Vis-à-vis, vous distinguerez un pays, fort accidenté, coupé de golfes et de montagnes assez élevées, c'est la Grèce. A côté, c'est l'Italie qui s'avance entre deux bras de mer. Trois sortes de civilisation vont se développer en ces diverses contrées, par le fait seul de leur configuration.

Si nous nous donnons maintenant la peine d'étudier les populations qu'on y trouve, nous verrons que le fétichisme y fut, comme partout, la première croyance. Il y fait ensuite place au polythéisme. Poussant plus loin nos investigations, nous verrons que la guerre fut d'abord au fond de tout. Pour se nourrir et s'étendre, ne fallait-il pas attaquer et se défendre?

Dans cette vallée fertile que nous avons distinguée d'abord, préservée par des défenses naturelles contre l'invasion des populations voisines, nous allons trouver une caste sacerdotale toute constituée, parlant au nom des dieux. A côté d'elle se trouvent des guerriers, formant une autre caste. Entre ces deux castes, nous constaterons des rivalités. Pouvait-il en être autrement, l'une cherchant toujours à subalterniser l'autre? Mais ici les conditions géographiques contiennent les élans de l'activité militaire et c'est la première caste qui reste prépondérante. Telle fut la vieille Égypte. Les mœurs pacifiques y prévaudront bientôt, et même prématurément. Un pareil régime va assurer à chacun sa destination et des castes nombreuses se constitueront autour des principales. Ce fut le seul moyen de conserver les acquisitions pratiques ou intellectuelles que chaque génération transmet à la suivante.

L'homme n'a jamais beaucoup pensé, Madame; aussi ne soyez pas étonnée si les richesses intellectuelles restent l'apanage de la caste sacerdotale. Mais partout ailleurs que dans l'Égypte, ou dans la Chaldée, placée à peu près dans les mêmes conditions géographiques, on constate le contraire de ce que nous présentent ces antiques sociétés. Quoique toutes les sociétés primitives aient partout présenté le même fond, une constitution première analogue, nous verrons les guerriers dans le plus grand nombre des cas subalterniser les prêtres. Les nécessités agressives qui y prennent le dessus y développent une activité toute militaire. La conquête devient alors le but. Cependant, si nous poussons plus loin nos observations, si nous les arrêtons sur l'antique Hellade, nous y verrons cette activité militaire bientôt contenue. La configuration géographique du pays y rend, en effet, tout le système de conquête impossible. Les diverses peuplades qu'on y trouve, après avoir secoué le joug ou la domination théocratique, indigène ou exotique, se neutralisent mutuellement. C'est dans ces conditions qu'une classe de penseurs pourra se former. Élevés sur les acquisitions de leurs prédécesseurs théocratiques, ils pourront librement se livrer à l'exploration du monde et à l'étude de l'homme. On verra paraître bientôt les éléments d'une science abstraite.

En de toutes autres conditions géographiques, la guerre prend un libre essor. Une peuplade prépondérante peut alors surgir. Autour d'une ville principale la conquête va réunir tous les peuples voisins. Telle fut la destinée de Rome, *conquistando,* dit Dante, *le genti intorno.* Elle ne s'arrêtera dans sa marche que lorsqu'elle aura soumis à sa domination tout le bassin de la Méditerranée et les contrées afférentes, c'est-à-dire, à quelque chose près, tout le monde connu alors. Sur ce vaste terrain, en quelque sorte déblayé par elle, va s'asseoir une nouvelle société, de mœurs et de but différents, la société catholico-féodale. L'activité militaire, jusqu'alors offensive, changera de caractère; elle deviendra défensive. Il faut, en effet, se défendre contre ceux du dehors, qui demandent à entrer. Le catholicisme, par son sacerdoce, donnera une consistance aux pays rapprochés et une foi qui maintiendra leur union, à défaut de la pression politique.

Philosophiquement, si l'on attribue à la Grèce la culture intellectuelle, à Rome il faudra réserver celle de l'activité, tandis qu'au moyen âge, sous l'influence catholico-féodale, sera dévolue celle du sentiment. Exiger davantage de ces divers éléments de la civilisation occidentale, ce serait se méprendre sur le rôle qu'ils reçurent de la marche de l'évolution humaine.

Voilà, Madame, un rapide coup d'œil jeté sur l'ensemble de notre vieux monde, bien jeune encore, si on le considère comme destiné à combiner aujourd'hui les forces préparées par le passé, en vue de l'avenir.

Dans ma dernière épître je vous ai montré le monde catholico-féodal arrivé à son apogée et touchant à son déclin. C'est alors qu'un double mouvement de décomposition et de recomposition a commencé. Je vous ai montré les diverses phases de la décomposition, me réservant, dans une dernière épître, de vous présenter un long travail de recomposition qui a duré six siècles et d'où est sortie toute la science moderne et la formule de l'avenir. Mais avant de procéder à cette exposition, permettez-moi de revenir encore sur le passé et de vous arrêter sur l'une des plus remarquables anomalies qu'ait offerte à nos yeux l'histoire de l'évolution humaine. Je veux vous parler encore de ce peuple juif, si étrange dans l'antiquité pour ses voisins et resté encore incompréhensible pour nos contemporains. Il mérite à certains égards notre reconnaissance; ses longues souffrances courageusement endurées doivent nous disposer à l'indulgence concernant tout ce que nous avons à lui reprocher de nos jours. Ses fautes actuelles sont les conséquences de celles qui furent commises envers lui.

Le monothéisme était chose courante dans les vieilles castes sacerdotales de l'Égypte et de la Chaldée. L'observation des phénomènes naturels, et surtout des phénomènes célestes, était bien faite pour les élever à la conviction d'une harmonie générale, dont la notion était incompatible avec la multiplicité des volontés surnaturelles. D'ailleurs, les rivalités qui régnaient entre les divers collèges sacerdotaux devaient les pousser à faire surgir une puissance prépondérante. Les mystères de l'antiquité, fait remarquer Auguste Comte, n'avaient d'autre but que d'initier à cette notion qui apparaît dans toute l'œuvre d'Homère.

Quoique vous ne soyez pas protestante, Madame, vous êtes cependant assez familière avec la lecture de la Bible. Bien des faits auxquels les Hébreux rattachent leur origine ont dû vous frapper. Ils se donnent pour père Abraham. Qu'était-ce que cet Abraham? Il était d'Ur, ville puissante de la Chaldée ; il possédait, dit-on, de nombreux serviteurs. Au dire de l'historien Flavius Joseph, il était instruit de toutes choses, principalement de la marche des phénomènes célestes. Flavius Joseph n'avait pas seulement pour se renseigner les livres de sa race, il en avait aussi d'autres, d'une origine théocratique, qui ne sont pas arrivés jusqu'à nous, ceux de Bérose, par exemple, un des derniers théocrates chaldéens. Qu'était-ce donc que cet Abraham? En un temps où l'intelligence même était l'apanage de la caste théocratique, que pouvait-il être sinon un théocrate lui-même, un membre de cette caste? Dans toutes les vieilles théocraties, il est à remarquer qu'on trouve toujours une tendance bien prononcée à la colonisation. On comprend que les castes sacerdotales aient toujours cherché à éloigner les guerriers, avec lesquels elles se trouvaient naturellement en concurrence. Tels furent les motifs qui poussèrent aux colonisations de la Grèce. Elles furent essentiellement polythéiques; ce sont les divinités du polythéisme théocratique qu'elles traînent à leur suite. Mais il y eut aussi des colonisations entreprises dans un tout autre but; ce sont les colonisations monothéiques.

Faire passer des masses, qui raisonnent peu ou même pas du tout, du polythéisme au monothéisme, était chose, disons-le, impossible alors. C'était donc avec des populations restées à l'état fétichique que pouvaient être entreprises ces sortes de colonisations. Il est bon toutefois de rappeler que si les castes, élevées dans les vieilles théocraties, étaient toutes arrivées à l'état polythéique et même monothéique, les masses restaient le plus souvent autour d'elles à l'état fétichique.

Abraham fut un colonisateur monothéique, entraînant à sa suite des masses fétichiques, qui constituaient en quelque sorte sa clientèle. Ses biens ne pouvaient guère consister qu'en troupeaux, principales richesses des populations primitives. Quel fut le sort de cette colonisation? On peut le dire, après avoir cherché longtemps un cantonnement, elle avorta. Elle resta confinée en un petit noyau, condensé dans la famille de Jacob qui en conserva les traditions.

Il est un fait, propre à cette colonisation, qui mérite de fixer notre attention. Lorsqu'Abraham arriva dans la terre de Canaan, il y trouva chez les petits rois du pays un usage établi, qui consistait à passer par le feu les premiers nés des principales familles. C'est contre cet usage que nous paraît avoir protesté Abraham. La légende du sacrifice d'Isaac ne saurait avoir d'autre origine.

On a dit bien des choses sur l'antiquité des livres hébreux, et sur le Pentateuque en particulier, lesquels, pour les chrétiens, furent dictés à Moïse par le Saint-Esprit. Or, qu'on le sache bien, les livres du Pentateuque, sauf le Deutéronome, qui est du règne de Josias, un roi pieux, furent colligés pendant la captivité d'après des traditions ou des écrits antérieurs. Ils sont moins anciens que les livres d'Homère et d'Hésiode. Il est donc probable que la légende d'Isaac a été remaniée à cette époque ou même à une époque postérieure. C'est ce que ferait croire l'intervention de l'ange qui vient arrêter le bras du patriarche. Ce n'est, en effet, que lors des contacts d'Israël avec la Perse, qu'on voit apparaître les anges dans la littérature hébraïque.

La famille de Jacob, accrue, descendit en Égypte, pour y chercher un meilleur cantonnement. Elle s'y mêla avec des populations sémitiques de même origine. La grande masse, qui habitait la terre de Gessen, était restée ou était revenue à l'état fétichique. C'est avec ces populations, appartenant toutes à la même souche, que Moïse entreprit une nouvelle colonisation et qu'il voulut pour cela les faire passer de l'état fétichique où elles étaient à l'état monothéique, en franchissant le polythéisme. Qu'était-ce que Moïse, s'est-on demandé? Était-ce un théocrate comme Abraham? Ce n'est guère supposable. L'origine que lui accorde la Genèse ferait croire cependant qu'il fut élevé au milieu des castes sacerdotales. Flavius Joseph dit qu'il y occupa des emplois très élevés. Quoi qu'il en soit, il est inutile de chercher à prouver qu'il n'a rien écrit. Que peut-on, en effet, lui attribuer? les commandements qui portent son nom. L'histoire de Joseph n'est point invraisemblable. L'Égypte de son temps était encore sous la domination des rois pasteurs, d'origine scythe. Ils pouvaient donc s'entourer de personnes étrangères aux castes sacerdotales, qui restèrent toujours hostiles aux conquérants. Moïse vivait sous Ramsès II, c'est-à-dire après l'expulsion des rois pasteurs. La barrière qui séparait la caste sacerdotale des étrangers pouvait donc avoir été abaissée de son temps; l'origine attribuée à Moïse peut le laisser supposer. Quoi qu'il en soit, c'est une masse fétichique qu'il entraîne à sa suite et qu'il veut faire passer à l'état monothéique. La légende du veau d'or, du serpent d'airain, montre assez la tendance de cette masse à revenir à son état primitif.

Voilà donc, après une longue pérégrination, la masse israélite établie avec son dieu, son Élohim, dans cette terre soi-disant promise. Elle y reste longtemps en lutte avec les populations qui l'occupent et ce n'est que beaucoup plus tard qu'elle y est solidement établie. Son monothéisme exclusif l'isolait naturellement de ses voisins et l'entretenait à leur égard dans un état permanent d'hostilité.

Nous ne suivrons pas, Madame, ce peuple exceptionnel dans les diverses phases de son histoire. Il eut un moment de grande splendeur sous David et Salomon, après la conquête ou la soumission des petits États voisins. Les conquérants assyriens, qui devaient le soumettre à son tour, ne s'étaient pas encore ébranlés. C'est ce qui explique la splendeur de l'empire de ces deux grands princes et surtout du dernier, qui revint aux mœurs et aux pratiques théocratiques, les seules possibles pour rallier des populations diverses, ayant des cultes différents.

L'absence d'un sacerdoce régulier et un monothéisme exclusif donnent lieu à l'avènement d'une classe spéciale, celle des prophètes. Rappeler les rois et les populations au culte du vrai dieu, qu'ils eurent toujours une tendance à délaisser pour celui des divinités voisines, telle fut la mission du prophétisme. La plus belle partie de la littérature juive lui est due; son enseignement moral atteint parfois une grande élévation. Mais il y a, dans cette littérature et même dans le caractère du monde israélite, quelque chose d'insolite qu'il est bon d'expliquer en quelques mots. Le polythéisme, partout où il se développe librement, est très favorable à la culture esthétique et, par suite, au développement de l'imagination. L'esprit scientifique y trouve même un certain stimulant, puisque l'on induit toujours d'après des images. On ne pouvait, chez un peuple qui a franchi le polythéisme, trouver dans sa littérature le luxe d'images des belles productions grecques ou romaines. Mais par contre, l'abus des signes, propre à tout monothéisme, devait pousser au développement des facultés de langage. C'est là que le grand philosophe contemporain place l'origine de la Cabale. Mais ne serait-ce pas sortir du cadre que je me suis tracé, que de vouloir justifier, Madame, ce que j'avance ici.

Un peuple, sorti du fétichisme, ne pouvait s'élever à la notion de l'âme, à laquelle il ne crut jamais, et dont l'institution toute grecque ne pénétra chez lui qu'à la suite des contacts helléniques. Par contre, le catholicisme lui doit le dogme de la résurrection de la chair, qu'il tira de la persistance chez les premiers croyants de leurs habitudes ou traditions fétichiques. Pour le fétichiste qui anime tout autour de lui, la mort n'existe pas à proprement parler, le cadavre continue à vivre, mais d'une autre vie.

La longue digression, à laquelle je me suis laissé entraîner, est, Madame, la justification de bien des choses que j'ai avancées dans mes précédentes épîtres, à savoir que la doctrine paulinienne, avec son mysticisme, ne pouvait guère convenir à des Juifs observateurs de la loi, ni même aux disciples de Jésus, tandis qu'elle se propagea librement parmi les populations polythéiques à imagination plus cultivée. J'espère donc que cette longue digression ne vous paraîtra pas trop déplacée, puisqu'elle complète tout ce qui vous a été dit concernant l'histoire de l'évolution humaine, dans ce qu'elle a eu de plus décisif pour assurer nos progrès ultérieurs.

A côté du mouvement de décomposition dont nous avons montré les diverses phases, il faut maintenant placer celui de recomposition, qui comprend les six siècles qui nous séparent du moyen âge. Un tel régime avait suspendu tout le travail spéculatif de la Grèce pour constituer son dogme, dont l'insuffisance, au point de vue mental, ne pouvait tarder à se manifester, dès qu'il eut atteint son apogée. Depuis le XIIIe siècle, on peut l'affirmer, tous les grands esprits étaient convaincus de l'épuisement de tous les dogmes théologiques, aussi bien chez les chrétiens que chez les musulmans. Presque d'un commun accord, on se mit, pour ainsi dire, à la recherche de nouvelles voies. Le clergé lui-même ne fut pas exempt de ces dispositions puisque nous voyons l'Église interdire à ses clercs l'étude de la médecine.

Ainsi fut investi de toutes parts le domaine scientifique. L'étude du monde et de l'homme devint l'objet de toutes les sollicitudes. Sur les grandes constructions scientifiques et surtout astronomiques de l'antiquité s'éleva en son temps la démonstration du double mouvement de la Terre, déjà pressenti par la vieille famille philosophique. A ce grand mouvement scientifique s'attachent d'abord les immortels noms des Copernic, des Képler, des Galilées. Une nouvelle génération nous donne les Descartes, les Leibnitz, les Newton, puis les Lavoisier, les Berthollet. Le domaine de la vie avait aussi ses infatigables explorateurs, les Lamarck, les Blainville, les Bichat, qui nous révélaient le monde des êtres vivants. L'étude de l'homme succédant à ces divers mouvements se trouvait aussi assez préparée pour que le domaine social et moral livrât aussi ses secrets. L'Église reconnaissait déjà, dès la fin du XIIIe siècle, dans un mémorable compromis, les désaccords de son dogme et de la réalité. Elle avait ainsi prudemment déclaré que, si l'auteur de toutes choses avait soumis le monde à ses lois, il s'était réservé la direction des deux domaines social et moral. La science contemporaine, sous les efforts d'un vigoureux penseur, soumettait aussi ce dernier domaine, comme le domaine physique, à d'immuables lois; l'ère du surnaturel se trouvait donc à tout jamais fermée. Deux grandes découvertes, celle des lois qui président au développement de toute société humaine et celle d'une théorie des fonctions du cerveau consacraient définitivement le triomphe de la réalité sur l'imaginarité.

Quoique on ne puisse douter que les grandes figures que nous venons de rappeler n'aient eu un véritable pressentiment de l'avenir et qu'elles n'aient travaillé en vue de nous en rapprocher, la science dont ils révélaient les secrets, ne conserva pas moins jusqu'à nos jours un caractère dissolvant. Essentiellement analytique de son essence, elle ne pouvait s'élever encore à des vues d'ensemble. Elle seconda ainsi, contrairement à sa destination, le mouvement négatif. Ce ne fut que lorsqu'elle put s'élever à l'étude de l'homme, arrivée à sa phase finale, qu'elle prit enfin un caractère vraiment synthétique, associant l'utilité à la réalité. Après la double institution des lois qui président à l'évolution humaine, de la sociologie et de la morale positive, elle put se croire autorisée à proclamer qu'il n'y a qu'une science, celle de l'homme, dont toutes les autres ne sont finalement que les prolégomènes, c'est-à-dire des introductions nécessaires.

C'est bien justement, Madame, que votre sexe a redouté jusqu'ici la sécheresse scientifique. Des spéculations qui ne s'adressaient qu'à l'esprit ne pouvaient avoir beaucoup d'attrait pour lui. De cette sécheresse, la science, s'élevant désormais jusqu'à son couronnement normal, s'en dépouille aujourd'hui, du moment qu'on lui assigne pour principal but l'étude de notre propre nature. Le poète anglais a pu dire fort judicieusement : *the proper study of manking is man*. Si le mouvement scientifique, tant qu'il reste limité aux domaines inférieurs, n'a eu qu'un caractère analytique et naturellement dissolvant, en s'élevant aux domaines supérieurs, il devient au contraire constructeur et réparateur. Le mouvement de composition, qui suivit parallèlement celui de décomposition, quoique avec une vitesse différente, n'a, en effet, apparu avec son vrai caractère que dans la double institution que je viens de rappeler.

L'homme, on peut le dire désormais, a pris possession de lui-même et de sa planète. Il peut, autrement qu'avec des légendes, procéder en pleine connaissance de cause à l'institution de tout ce qui peut concourir à assurer son bonheur.

Après ce long pèlerinage à travers les siècles, que je viens de vous faire accomplir, ne suis-je pas autorisé, Madame, à nous croire placés désormais sur le même terrain que celui qu'avait choisi le grand apôtre pour y élever sa mémorable construction? C'est d'en haut qu'il faisait venir la grâce, et il ne pouvait la faire émaner d'ailleurs. C'est de la Terre même et non du Ciel qu'elle va maintenant nous arriver. Que peut être cette grâce, d'où que vous la fassiez venir, sinon le triomphe des sentiments bienveillants sur notre égoïsme natif. La théologie était condamnée à nous refuser des mobiles sympathiques et ne nous les concédait que comme un don spécial. Entre le monde et l'homme nous placerons désormais l'Humanité, de qui nous tenons nos moindres avantages. Est-ce une abstraction que l'Humanité, comme on l'a dit? C'est l'ensemble continu des êtres convergents, a dit le nouveau maître du savoir. Il faut donc nous habituer à voir dans l'homme le plus remarquable de ses produits. Par la grande loi de l'hérédité qui nous domine tous, chaque génération transmet à la suivante, à l'individu comme à l'espèce, toutes les améliorations, toutes les richesses, tant morales que matérielles, accumulées sous son action. C'est à l'éducation maintenant et à la culture, à laquelle chacun sera soumis, à développer les germes précieux qu'il apporte en naissant. Nous voyons, Madame, combien une célèbre compagnie s'approchait plus de la réalité que tous ses prédécesseurs théologiques, dans la distinction introduite par elle entre la grâce suffisante et la grâce efficace.

Sur la conception de Saint Paul s'est élevée une construction qui a traversé les siècles et qui, dans son déclin, apparaît encore majestueuse au milieu des ruines d'un monde en désarroi : c'est le Catholicisme avec ses pompes. La philosophie contemporaine reprend la question telle qu'elle fut posée par le grand apôtre. L'homme, a-t-il dit, ne peut être sauvé que par la grâce. C'est désormais de l'Humanité qu'il la tiendra, cette grâce transmise par la voix de l'hérédité et fécondée par la culture. Faire des sentiments pour obtenir des volontés et des actes, voilà, avons-nous dit, le but poursuivi de tout temps par les directeurs des hommes, quels qu'ils aient été. La religion qui s'élève aujourd'hui sur l'œuvre des siècles, nous en rapprochera autant que peut le comporter notre nature.

Ce serait le moment de vous exposer, Madame, la sublime conception qui nous tire définitivement du provisoire et nous permet de prendre possession de nous-mêmes. L'ère des légendes, qui fut souvent pleine de poésie, a cessé. Celle de la réalité lui succède enfin. A nous d'embellir celle-ci, conformément à notre intarissable besoin de perfectionnement. C'est désormais avec pleine connaissance de cause qu'on va pouvoir entreprendre la direction des humains et travailler à leur bonheur. L'esprit et le cœur vont pouvoir s'associer d'une façon indissoluble et concourir vers le même but.

La contemplation du grand spectacle historique que je viens de vous exposer, bien rapidement il est vrai, ne peut-elle susciter en nous un sentiment de reconnaissance envers ce passé, que les larmes des mères ont si souvent arrosé, que les veilles et les souffrances de tant de généreuses natures ont fécondé? C'est dans le grand spectacle d'un monde se développant à travers tant d'obstacles que nous voyons apparaître la puissance qui vient contenir toutes nos dissidences personnelles et nous pénétrer, par la reconnaissance qu'elle nous inspire, de ce sentiment bienveillant qui contient tous les écarts d'une personnalité qui a toujours été si souvent jusqu'ici dispersive. Par cette reconnaissance l'amour et la foi se trouvent indissolublement liés. Ainsi peut se réaliser dans chaque cerveau humain cet état de pleine unité qui doit assurer tout bonheur public ou privé. C'est dans cette religion élevée sur un semblable enseignement que viennent se fondre de nos jours toutes celles qui ont soutenu et dirigé jusqu'à présent notre enfance et notre adolescence collective.

En prenant la plume, Madame, pour vous entretenir du grand novateur chrétien, ou plutôt catholique, je ne pouvais prévoir que je serais entraîné à vous parler si longuement. J'ai cédé, je le confesse, à la grandeur du sujet. Si vous me dites que je n'ai point abusé de votre patience, ce sera la plus grande satisfaction que m'auront procuré les heures que je vous ai consacrées.

---

Madame,

Dans le petit mot que vous m'avez fait la gracieuseté de m'écrire, je lis, sans grand étonnement : si l'on peut à la rigueur accepter que la nouvelle doctrine s'est placée, comme celle qu'elle aspire à remplacer, sur le terrain de la grâce, on ne peut encore comprendre qu'elle soit restée dans la filiation de l'autre, dont elle ne serait en quelque sorte, dites-vous, que le développement, que l'épanouissement. Je dois reconnaître que si, en ce qui concerne la question de la grâce, mes diverses épîtres peuvent justifier le rapprochement que j'ai établi à cet égard, il ne saurait en être ainsi en ce qui concerne la filiation qu'il vous paraît si difficile de reconnaître. En vous exposant la doctrine du grand novateur chrétien, en vous en montrant le développement à travers les siècles, je dois reconnaître que pour forcer la conviction dans le sens indiqué, il eut fallu être plus explicite que je ne l'ai été. Je laissais évidemment trop à faire à ma lectrice, quelque bonne volonté qu'on dut lui supposer.

Puisque, par vos réserves très légitimes, vous m'en fournissez l'occasion, permettez-moi, Madame, d'entrer en quelques considérations qui, sur certains sujets, préciseront mieux ma pensée que tout ce que j'ai pu implicitement avancer jusqu'ici.

Pour le public et, disons-le, pour tout le monde, le mot de religion éveille toujours l'idée d'une intervention surnaturelle dans les affaires terrestres. Un tel mot s'entoure ordinairement d'un certain mystérieux, dont une doctrine qui a la prétention d'être toujours démontrable doit avant tout s'affranchir. Reconnaissons cependant que le mot de religion peut être pris dans notre langue en des acceptions variées. Ainsi, on dira la religion du magistrat, la religion du serment, de l'honneur. Un semblable vocable, dans ces diverses acceptions, implique toujours des devoirs acceptés et qu'on ne saurait transgresser. En remontant à l'étymologie du mot (religion), elle nous rappelle une double liaison, lier et relier. En se tenant dans cette acception générale, le novateur moderne a pu définir la religion un état de pleine unité qui résulte de l'harmonie des diverses parties d'un tout. Un être composé d'éléments variés, distincts entre eux, concourant tous cependant à l'accomplissement d'une action commune, a, plus que tout autre, besoin d'un lien qui en rapproche les différents éléments, d'une religion en un mot. Telle est la condition d'existence et de durée du Grand Être auquel convient si bien la définition qu'en a donnée le Maître. Pour lui, l'Humanité sera l'ensemble continu des êtres convergents. La continuité s'impose ici tout comme l'existence. Celle d'un pareil être, vu la multiplicité de ses éléments, supposera toujours un lien qui les tient toujours rapprochés et aussi une certaine harmonie intérieure entre les parties qui constituent le tout. Pour parler un langage plus concret, nous dirons que l'existence de ce vaste tout, dont l'empire s'étend autant dans le passé que dans l'avenir, suppose d'une part une puissance extérieure, toujours prépondérante, destinée à contenir toutes les dissidences individuelles, et d'une autre part, un mobile intérieur assez élevé, nécessairement d'une nature sympathique, pour contenir l'action toujours dispersive de nos instincts égoïstes.

Telles sont, Madame, les deux conditions extérieures et intérieures, de cet état d'unité que doit toujours présenter l'existence de l'être, qui, dans le temps comme dans l'espace, préside au maintien et à la durée de toute harmonie collective ou individuelle. Pour être plus précis, nous dirons que ces conditions consistent l'une à régler chacun des éléments de ce vaste tout et l'autre à les rallier au dehors. Mais descendons dans les faits.

Quoique ils soient tous constitués à peu près de la même façon, ce n'est pas sans peine qu'on est parvenu à maintenir quelque liaison parmi les hommes et à les faire converger vers un même but, qui, pour leur convenir, ne saurait être que leur bonheur même. Tous les directeurs des hommes, aussi bien ceux des premières agglomérations humaines que ceux des dernières, ont été préoccupés tout d'abord d'une même chose, les soumettre à des règles de conduite d'une fixité plus ou moins grande. Ces règles de conduite d'où pouvaient-ils les tirer, sinon d'une étude suivie de leur nature et des conditions extérieures de leur existence. Ce fut là l'éternelle préoccupation des divers sacerdoces qui, à un titre quelconque, ont présidé à la direction de toute société humaine. Mais à ces règles ainsi instituées, il fallait pour être acceptées, avons-nous dit, une consécration.

D'où pouvait-elle venir sinon d'en haut. Pas plus qu'aux animaux supérieurs le monde réel ne nous était connu d'abord. L'homme ne connaissait que lui-même. C'est à des types semblables à lui, auxquels il conférait ses propres passions, ses mobiles quelconques, qu'il confia la direction de toutes choses et demanda l'explication de tout ce qu'il ne pouvait encore comprendre. Ainsi se sont succédés progressivement dans sa manière de voir, les divers états fétichiques, polythéiques, monothéiques de l'évolution humaine, et cela au fur et à mesure que de nouvelles observations lui permettaient d'agrandir le cercle de ses connaissances. Il anima d'abord la nature entière ; puis vint le règne des volontés, auxquelles il conféra la direction de tous les départements naturels. La réglementation de toutes ces primitives volontés s'imposa bientôt. Ainsi prévalut, dans l'élite de notre espèce, une volonté unique. Notre activité, en toute occasion, se subordonnant toujours à notre manière de concevoir l'ordre extérieur, celle-ci devait naturellement apporter, dans la manifestation de nos sentiments, des modifications, qui finalement eurent pour résultat d'assurer la prépondérance de nos mobiles les plus élevés sur les instincts qui nous rapprochent le plus de l'animalité.

Toutes ces considérations, Madame, nous montrent notre espèce marchant de plus en plus vers une amélioration progressive, qui fut justement qualifiée de civilisation. Le concours du dehors et du dedans pour nous rendre, en somme, plus civilisés, plus sociables, est ce que de tout temps on a qualifié de religion, expression qu'il faut prendre, de nos jours, dans l'acception la plus étendue. Placés à ce point de vue, nous pouvons dire maintenant avec nos devanciers catholiques que tout état religieux, toute religion en un mot, implique toujours le concours de l'amour et de la foi, celle-ci nous révélant nos conditions d'existence, celui-là nos obligations mutuelles. La réalisation de ce concours, tel fut le but éternellement poursuivi sous des formes variées par nos prédécesseurs quelconques. Devient-elle possible aujourd'hui? Nous pouvons sans crainte l'assurer.

Pour le philosophe qui embrasse l'ensemble du passé, que peuvent être désormais les dieux d'un autre temps et Dieu lui-même, sinon des institutions provisoires, des tuteurs, en quelque sorte, dont l'Humanité ne s'est dégagée que de nos jours, lorsque la marche de la civilisation lui a permis de se substituer à eux.

Qui ne se sent, vous ai-je dit, Madame, pénétré d'une profonde reconnaissance pour tous nos prédécesseurs, grands ou petits, quand on contemple ce grand spectacle qui constitue le passé? Ainsi se trouvent irrévocablement conciliées les deux conditions fondamentales de toute unité, l'amour et la foi, venant ainsi définitivement se combiner. L'une nous révèle les grandes lois qui ont présidé et président encore à l'avènement de ce nouveau Grand Être, nous montrant notre intime dépendance à son égard, et l'autre nous dotant définitivement des grands sentiments qui nous différencient de plus en plus de l'animalité. En s'élevant à ce point de vue, qui ne voit désormais, dans la grande doctrine du jour, la continuation en quelque sorte de tout ce que poursuivit le passé, en vue de rapprocher les humains et de travailler à leur bonheur? Ne peut-on dire désormais avec le grand penseur, que le passé fut, dans l'accomplissement de nos destinées, un temps de préparation des forces que le présent doit aujourd'hui combiner en vue de l'avenir ?

Ai-je maintenant, Madame, dissipé vos doutes sur ce que votre esprit n'avait pu admettre encore, à savoir que la grande doctrine du novateur moderne n'est au fond que la continuation, l'épanouissement, pour ainsi dire, de celle qu'institua, il y a plus de dix-huit cents ans, celui qui porta si modestement le titre d'Apôtre des Gentils?

Je vous ai indiqué, dans mes précédentes épîtres, s'accomplissant autour d'Athènes, une vaste élaboration abstraite, l'intelligence soumise à une première et décisive culture, Rome, sous sa puissante prépondérance, ralliant tous les éléments épars du monde connu et donnant ainsi à notre activité la plus noble destination qu'elle pouvait recevoir. Sous cette double préparation le Moyen-Age vint enfin instituer la culture du sentiment.

Le grand problème à résoudre qu'abordèrent, sous des aspects variés, nos prédécesseurs quelconques, pourrait à la rigueur être ainsi défini : faire des sentiments pour obtenir des volontés et des actes. N'est-ce point ce que poursuivit au fond le novateur chrétien? La prépondérance qu'il accorda au sentiment dans son immortelle conception ne la rapproche-t-elle pas de la solution finale de ce grand problème ainsi posé, plus que n'ont pu le faire ses prédécesseurs grecs ou romains ? C'est du péché qu'il veut nous rédimer, c'est-à-dire de notre égoïsme natif. C'est par la grâce qu'il aspire à la réalisation de ce qui fut le rêve de toute sa vie. Qu'est cette grâce, pour ceux qu'une science supérieure a élevés à la connaissance de notre double nature, physique ou morale? Personne ne doute aujourd'hui de l'existence en nous, aussi bien que chez les animaux supérieurs, des sentiments bienveillants. Le monothéisme, surtout chrétien, fut condamné à nous les refuser. Vivant tous entachés du péché, ils ne nous étaient accordés que par une faveur spéciale, venant naturellement d'en haut. Reconnaître dans l'homme ces sentiments, comme inhérents à sa nature, n'était-ce point infirmer toute une grande conception, effacer la rédemption qui en était la pensée capitale? C'est, comme vous le voyez, la lutte de l'égoïsme contre l'altruisme, permettez-moi le mot, il est accepté aujourd'hui, qu'instituait à sa manière le novateur chrétien. Toute une série d'institutions en découlait naturellement pour atteindre le but poursuivi. Revenant maintenant à l'énoncé du grand problème, toujours posé, n'est-il pas permis de voir, dans la doctrine du grand apôtre, un pressentiment de celle de l'avenir, ou, si vous aimez mieux, dans l'une l'épanouissement de l'autre?

Dans toute religion vous avez pu constater trois parties bien distinctes : un dogme, un culte et un régime. C'est ce que commande la culture de nos trois sortes de facultés, l'esprit, le cœur et le caractère. C'est le dogme qui nous élève à la connaissance de la puissance prépondérante; c'est du dogme qu'on tire les moyens de consécration qu'exigent, pour être acceptées, les règles de conduite instituées par une sagesse séculaire. Tout ce qui peut infirmer l'autorité du dogme laisse naturellement fluctuante toutes les règles de conduite, et ouvre largement des voies à l'indiscipline. Essentiellement fictifs jusqu'ici, tous les dogmes se sont trouvés peu à peu en désaccord avec la réalité, désaccord que nos observations et surtout les exigences de notre activité ne tardèrent pas à faire paraître. Pour concilier les besoins du cœur, les exigences de l'activité et les enseignements du dogme, il importait que celui-ci devînt démontrable. Pareille chose n'a pu se réaliser que de nos jours, lorsque la science, s'élevant des phénomènes les plus simples aux plus complexes, des phénomènes numériques aux phénomènes sociaux et moraux, nous a finalement initiés à la connaissance de nos conditions d'existence et nous a montré notre intime dépendance à l'égard du passé et de l'avenir. Ainsi a pu se constituer une puissance vraiment prépondérante, l'Humanité enfin, toujours se manifestant par ses produits. Par la reconnaissance, avons-nous dit, qu'elle nous inspire à l'égard de nos prédécesseurs se trouvent conciliés nos besoins de croire et d'aimer. L'amour y trouve une inépuisable culture et la foi une inaltérable sanction, sans qu'aucun divorce ne devienne jamais possible entre eux.

Quoique pour le public la religion consiste surtout dans le culte, c'est-à-dire dans sa partie sentimentale, c'est le dogme qui en reste la partie prépondérante. C'est par leurs dogmes que diffèrent entre elles les religions qui ont tour à tour prévalu dans la succession des âges. Il n'est donc pas étonnant que l'on ne voie pas encore, en restant dans les traditions communes, que la religion élevée sur une foi démontrable puisse être considérée comme l'épanouissement de celle qu'institua, il y a dix-huit siècles, le novateur chrétien. Mais la culture morale étant ce qu'ont poursuivi avant tout les directeurs des hommes, qui ne comprend désormais, en se mettant à ce point de vue, quelle affinité peut désormais exister entre la doctrine paulinienne et celle qu'institua le grand novateur contemporain ?

Il est bon cependant, Madame, pour dissiper toute confusion, de montrer que si, sous le rapport sentimental, un rapprochement est jusqu'à un certain point permis entre les deux doctrines, il ne saurait en être de même sous le rapport mental. Le passage du polythéisme romain, ou plutôt grec, au monothéisme chrétien, s'est effectué sous l'empire de nécessités sociales, sans susciter dans l'esprit aucune nouvelle habitude. Le monothéisme chrétien fut en quelque sorte une condensation du polythéisme grec, c'est une volonté prépondérante, unique, qui fut ainsi substituée à celles qui avaient été jusqu'alors acceptées. Mais les habitudes mentales restèrent toujours les mêmes. La réalité n'étant jamais, de part ou d'autre, consultée, si ce n'est accessoirement, on est resté toujours dans l'absolu, vivant toujours sous le régime des volontés. La substitution d'une foi démontrable à l'ancienne foi impliquait au contraire partout le triomphe du relatif sur l'absolu. Aussi, quoique préparée par des motifs sociaux, la nouvelle foi fut commandée au contraire par des convenances mentales, entraînant de nouvelles habitudes intellectuelles. Nous pouvons dire que c'est la mentalité humaine qu'il faut de nos jours transformer. C'est là, en effet, le principal obstacle qui se présente à l'adoption des dogmes nouveaux. Le philosophe seul, disons-le, Madame, pouvait voir que la transformation qui s'accomplit autour de nous est surtout intellectuelle. Une telle transformation s'impose désormais depuis la découverte des grandes lois qui marquent la marche de l'esprit humain à travers les siècles. Elle nous garantit contre tout retour vers un état antérieur.

Je dois m'arrêter ici, Madame, en ce que j'avais à répondre à vos hésitations et aux doutes que vous m'avez manifestés. Il me resterait, si je me laissais aller à l'entraînement du sujet, à vous montrer, dans son entier développement, le régime appelé à remplacer celui d'où nous sortons. Ce serait entreprendre une bien lourde tâche. Pour bien des raisons je ne dois pas le tenter. Si par cette exposition, quelque écourtée qu'elle soit, j'ai pu cependant éveiller votre curiosité et stimuler vos sollicitudes sociales, qu'il me soit permis de vous offrir le catéchisme où le maître a exposé l'ensemble de sa grande doctrine. Il vous initiera, mieux que je ne puis le faire, aux dogmes de l'avenir et vous montrera tout ce qu'on pourra attendre de la nature humaine lorsqu'elle sera soumise à une culture qui n'aura eu aucun antécédent dans le passé. Vous y verrez peut-être la possibilité de réaliser des espérances jusqu'ici vainement poursuivies, le bonheur pour tous. Au catéchisme positiviste laissez-moi aussi adjoindre un opuscule : *le Temple de l'Humanité*, conçu à la suite de quelques tentatives cultuelles, qui m'ont paru prématurées. J'ai été conduit à écrire ces quelques pages, en m'inspirant des conversations et des communications d'un maître vénéré. Ce n'est pas à de froides déclamations, analogues à celles qu'on entend dans les temples protestants, qu'assisteront les fidèles, chaque dimanche matin, dans les temples de l'Humanité, mais à une imposante manifestation, qui ne le cédera ni en majesté, ni en solennité aux belles cérémonies de l'Église catholique. Tous les arts pourront s'y condenser pour cultiver, suivant leur destination, notre instinct de la perfection.

---

Après la lecture de ces différentes lettres, qui résument la doctrine du grand novateur chrétien, peut-être ne lira-t-on pas sans quelque intérêt les deux opuscules qui suivent. Ils ont été écrits il y a déjà quelques années. L'un condense la belle introduction à la dernière œuvre du maître, la *Synthèse subjective,* dont le premier volume a seul paru. Cette œuvre de dernière vie devait être le couronnement d'une immense conception, bien peu connue encore dans son ensemble. L'autre a été déjà imprimé; il peut montrer disons-nous à ceux de nos contemporains qui ont reçu déjà une première initiation à la grande doctrine du jour, ce que sera, dans un avenir plus ou moins éloigné, la belle cérémonie qui rapprochera chaque dimanche matin tous les fidèles dans les temples de l'Humanité. C'est l'amour qui réunit aujourd'hui les éléments d'un vaste tout, comme il rapprocha les divers aspects sous lesquels s'est présentée la foi de nos pères. Il est de part et d'autre l'âme du culte. C'est ce qui ressortira, nous l'espérons du moins, de la lecture des opuscules que nous donnons ici. La sentimentalité catholique, nous osons le dire, sera, pendant longtemps, la meilleure préparation à l'initiation positiviste quand elle s'unira à un certain degré d'émancipation. C'est, croyons-nous, chose fort admissible de nos jours, car nombreux sont ceux pour qui le catholicisme n'est plus qu'une barrière à opposer au débordement d'un état d'anarchie intense, qui menace jusqu'à nos plus recommandables préjugés.

---

# L'INTRODUCTION A LA SYNTHÈSE SUBJECTIVE

Personne n'oserait de nos jours contester l'unité de l'œuvre d'Auguste Comte. Dès ses premiers pas dans la vie, c'est le spectacle d'une société en pleine décomposition, c'est l'épuisement de toutes les anciennes croyances qui frappent l'attention du jeune philosophe. Sa carrière est dès ce moment fixée. A une nouvelle société, c'est un dogme nouveau qu'il faut, c'est un pouvoir directeur, c'est un nouveau sacerdoce. Ce dogme, qui peut le fournir, sinon la science elle-même, ce grand dissolvant de tout ce qui échappe désormais à la démonstration? L'histoire, a-t-on dit depuis longtemps, doit devenir une science. N'était-ce pas dire aussi que les phénomènes sociaux, comme les phénomènes physiques, doivent être considérés comme soumis à d'invariables lois. Telle est la question qui se posait implicitement. Il fallait y répondre.

Notre manière de concevoir ce qui se passe autour de nous doit naturellement influer sur nos moyens d'action. C'est donc la marche de l'esprit humain qui règle finalement la succession des choses. Quelle est cette marche, fallait-il enfin se demander? De la solution de cette capitale question découle désormais toutes celles qui peuvent nous intéresser à un titre quelconque. La découverte de la loi qui préside au développement de l'entendement humain devait naturellement fermer l'ère du provisoire et ouvrir celle des conceptions définitives, pour faire prévaloir enfin la réalité sur l'imaginarité. A l'importante découverte de cette loi, qualifiée, dans l'école, de loi des trois états, devait succéder, sans rien de fortuit, celle de la loi du classement de nos conceptions quelconques, suivant l'ordre de leur généralité décroissante et de leur complication croissante. Sur cette double base, le philosophe adolescent va élever toute une imposante construction. De la science, s'étendant désormais des phénomènes les plus simples aux phénomènes les plus complexes, sortira toute une philosophie et les deux grands problèmes, éternellement posés, le Monde et l'Homme, s'affranchiront des solutions provisoires, théologiques ou métaphysiques, qu'ils reçurent jusqu'ici.

C'est de 1830 à 1842, durant douze années, au milieu des plus intimes souffrances, publiques ou privées, que furent écrits les six volumes qui vont constituer la philosophie nouvelle, justement qualifiée de positive. Elle bouleversait toutes les idées reçues jusqu'alors, aussi ne put-elle être bien venue auprès de leurs multiples représentants. C'est avec l'esprit académique qu'elle entra plus directement en lutte. Il était difficile de s'entendre avec celui qui venait proclamer l'ère scientifique à jamais close.

Cette immense construction, qui eut suffi, à elle seule, pour illustrer une grande existence, fut le prélude d'une création plus étendue. Une religion seule pouvait remplacer une religion dont on déclarait les dogmes épuisés. Ainsi s'éleva la religion de l'Humanité.

Le philosophe arrivé à l'âge mûr, grandi par la méditation, va préalablement se livrer à la revision des grandes conceptions de son jeune âge, justifiant ainsi le mot d'un éminent contemporain. Qu'est-ce qu'une grande vie ? Une pensée de la jeunesse exécutée dans l'âge mûr. Une sainte affection ouvre son cœur aux plus douces émotions et fait du philosophe un novateur religieux. A l'austère penseur se présente ainsi une autre vie ; il peut proclamer la prépondérance du cœur sur l'esprit. C'est à sa fondation religieuse que sa vaste intelligence se consacrera désormais. La religion, dira-t-il, en dégageant le mot de toute acception surnaturelle, ne peut être que cet état d'unité qui résulte de l'harmonie de toutes les parties d'un tout. La théorie de la religion, ou plutôt celle de l'unité, ouvrira l'œuvre de seconde vie.

Une semblable théorie supposait naturellement une connaissance nécessaire du fonctionnement de l'appareil cérébral, siège du sentiment, de l'intelligence et de l'activité. La théorie des fonctions du cerveau était, depuis la fin du XVIII<sup>e</sup> siècle, pour ainsi dire à l'ordre du jour. Elle arrivait commandée par les lumineux aperçus d'une noble famille de penseurs, biologistes ou autres. La tentative de notre illustre Gall, si méconnue des savants et si injurieusement traitée par le public, ne fut, on peut le dire, que prématurée. Elle s'élevait sur l'observation de l'homme, en tant qu'individu, et des animaux; aussi à une vigoureuse pensée manquait-il un complément nécessaire : l'inspiration sociologique. Celle-ci pouvait seule montrer le fonctionnement de nos hautes facultés cérébrales, c'est-à-dire de l'intelligence et de l'activité, autant que leur indispensable harmonie sous la prépondérance du sentiment. Sans rien de fortuit, c'était donc à celui qui venait de nous doter des grandes lois qui président à notre longue évolution à travers les siècles, qu'était réservée une telle construction. La théorie des fonctions du cerveau préparait, comme conséquence naturelle, celle de l'unité, c'est-à-dire de la religion, et c'est sous ce titre qu'elle est présentée dans la nouvelle construction. Placé désormais au point de vue gouvernemental, le grand novateur pouvait qualifier de Politique Positive cette œuvre de seconde vie, où l'esprit, suivant son expression, va devenir le ministre du cœur, sans toutefois être jamais son esclave. Ce n'est plus le philosophe qui tient maintenant la plume, c'est le novateur religieux, c'est le noble émule de ses deux grands prédécesseurs dans l'œuvre de la rédemption humaine, de saint Paul et de Mahomet.

Toute religion implique un culte, un dogme et un régime, destinés à fournir un aliment au cœur, un guide à l'esprit et un but à l'activité. C'est à instituer ces diverses parties d'une œuvre indivisible, qu'est principalement consacrée la *Politique Positive,* qui fixe ainsi l'état normal. Mais, entreprise dans un tout autre esprit que celui qui a présidé à l'institution de la Philosophie Positive, l'œuvre de seconde vie doit procéder à la revision de celle de la première, où domine encore trop, au dire de l'immortel auteur, l'esprit scientifique. C'est dans cette seconde œuvre que la morale élevée à la dignité de science se dégage de la sociologie, où elle était implicitement contenue. La promesse d'un traité de l'éducation, faite dès les débuts de la carrière du jeune philosophe, montrait déjà que, dans sa pensée, l'homme, transformé sous la pression sociale, devait être l'objet d'une étude spéciale. Tout ce qui avait pu être négligé dans l'étude du développement de l'espèce, ne pouvait l'être dans celle de l'individu, qu'une saine théorie de sa complexe nature nous présentait comme soumis à certaines influences extérieures ou intérieures, pouvant modifier et sa constitution et son état d'unité. La hiérarchie scientifique se trouva de la sorte enrichie d'un septième terme.

Quoiqu'une importante division de la sociologie, en statique et dynamique, fut déjà introduite dans la philosophie positive, la partie statique n'y avait reçu qu'un développement insuffisant. S'il importait, avant tout, dans l'œuvre fondamentale, de présenter la marche de l'évolution humaine, ces grandes théories n'y avaient été qu'accessoirement traitées. Aussi fallait-il donner dans l'œuvre politique plus d'extension à celles de la propriété, du langage, de l'organisme social ou autres. La partie dynamique, elle-même, réclamait une revision. Les deux fondamentales théories du fétichisme et de la théocratie reçurent des développements qui en firent de véritables créations. Nous y voyons le fétichisme, animant la nature entière, fonder la famille humaine et jeter les bases des grandes sociétés sur lesquelles la théocratie viendra plus tard asseoir l'ordre, en instituant prématurément les mœurs pacifiques. On sent déjà l'avènement de la synthèse finale fondée sur le sentiment, comme celle qu'inaugura le fétichisme.

Après cette double fondation un changement d'aïeux devint nécessaire pour préparer le progrès intellectuel, puis social. La culture du sentiment, échue ensuite au moyen âge, fera pressentir la constitution morale de l'avenir. A cette multiple préparation de nos facultés, intellectuelles, actives et affectives, vont succéder cinq siècles d'une tumultueuse élaboration d'où sortira toute la science moderne et de nouveaux moyens de direction.

Le grand philosophe, en contemplant l'imposant ensemble d'événements qui constituent tout notre passé, n'avait-il pas raison de n'y voir, pour être équitable à l'égard de ses prédécesseurs, qu'une longue suite de préparation de nos forces, que le présent doit enfin combiner en vue de l'avenir. Comparés au régime qu'institua la vieille théocratie, les siècles qui nous en séparent ne doivent-ils pas nous apparaître comme un véritable état révolutionnaire.

Après la revision de l'œuvre fondamentale, la *Politique Positive* peut procéder enfin à l'institution de la religion de l'avenir, dont elle nous présente l'imposant tableau dans l'exposition de son culte, de son dogme et de son régime.

A l'œuvre de seconde vie, il fallait cependant un couronnement; il fallait nous montrer en action les générations futures, leur sentimentalité et, pour ainsi dire, leur mentalité. Une vaste synthèse répondant aux exigences du cœur et de l'esprit devait en sortir. Telle devait être la destination d'une dernière œuvre que la mort est venue arrêter. Une admirable introduction nous en a heureusement conservé le plan et mieux encore une imposante ébauche. Trois grandes institutions, déjà largement présentées dans l'œuvre de seconde vie, pouvaient faire pressentir la synthèse finale, ce sont : d'abord, l'utopie de la Vierge Mère, puis l'incorporation du Fétichisme au Positivisme, enfin la théorie des milieux subjectifs, celle-ci ébauchée déjà dans l'adolescence du jeune philosophe. Il fallait aussi, à cet effet, apporter certaines modifications à la loi des trois états. Aussi absolue que la théologie et la métaphysique, puisqu'elle cherche encore une loi assez générale pour en faire découler toutes les autres et qu'elle aspire à pénétrer la constitution intime des êtres, la science ne saurait fournir un état définitif. Les trois termes de la succession, théologique, métaphysique et scientifique, des événements, restent alors provisoire, transitoire et préparatoire. La science, en effet, toujours analytique, ne saurait, comme la philosophie, essentiellement synthétique, s'élever à des vues d'ensemble ; à celle-ci seulement peut être conféré le caractère de pleine positivité.

Une première définition donnée à la logique est à son tour modifiée. Ce n'est plus à nous **révéler** des **vérités** qu'elle doit aspirer ; mais par le concours des sentiments, des images et des signes, à nous **inspirer** les **conceptions** qui conviennent à nos besoins moraux, intellectuels et physiques. Dans cette dernière définition le cerveau ne semble plus subir exclusivement l'influence du dehors, il entre au contraire spontanément en activité, s'*inspirant* des exigences d'une situation pour concourir à l'institution des conceptions qui lui conviennent. La fiction, où s'alimente la poésie et l'art en général, ne saurait se soustraire, pas plus que la réalité, aux règles d'une saine logique, ce que n'indiquait pas suffisamment notre première définition. Celle-ci ne faisait pas d'ailleurs ressortir assez que nos conceptions quelconques ne sont jamais que des approximations qui suffisent à nos divers besoins.

Deux méthodes se sont de tous temps trouvées en présence ; l'une objective, l'autre subjective. L'une s'élève du monde à l'homme, dont elle cherche à connaître la nature et à pénétrer la constitution. C'est celle suivie encore par les savants. L'autre descend au contraire de l'homme vers le monde qu'elle veut expliquer d'après la connaissance qu'elle a de lui, en méconnaissant la subordination des phénomènes supérieurs aux inférieurs. Resté fluctuant entre ces deux méthodes, l'esprit a ainsi flotté entre le matérialisme scientifique et le spiritualisme métaphysique. En rapportant désormais tout à l'Humanité les deux méthodes peuvent se concilier, en laissant toutefois la prééminence à la nouvelle subjectivité. Si la méthode objective fut encore usitée dans l'œuvre de première vie, c'est la méthode subjective, ainsi généralisée, qui va présider à celle de la seconde. C'est, d'après elle, ainsi que l'indique le grand novateur, que fut instituée la théorie positive des fonctions du cerveau, l'observation de l'homme et des animaux se subordonnant à l'inspiration sociologique.

Une synthèse objective étant irréalisable puisqu'on ne peut trouver une loi assez générale pour en faire découler toutes les autres, il fallut bien se contenter d'une synthèse subjective, qui s'impose de la sorte. En animant la nature entière, en conférant à tous les êtres nos sentiments, le fétichisme l'institua pour ainsi dire spontanément. Mais la synthèse fétichique ne pouvait être que provisoire et ne convenait qu'au début de toute civilisation, puisqu'elle confondait l'activité et la vie et ne pouvait guère s'adresser qu'à l'individu. La synthèse qu'institue le Positivisme, à laquelle la qualification de subjective peut encore convenir, doit naturellement tout rapporter à l'Humanité, en élaguant tout ce qui ne pourrait servir à sa glorification ou à son utilité. Elle nous place dans les dispositions sentimentales de nos premiers aïeux, sans méconnaître comme eux la réalité. Le sentiment vient ainsi de nouveau rapprocher tous les êtres. Les deux subjectivités fétichique et positive peuvent de la sorte fusionner et être affectées après leur fusion à la recherche des lois. L'amour, ce suprême lien, rapproche de la sorte tout ce qui parut d'abord devoir rester toujours divisé.

Le service de l'Humanité, telle sera la principale occupation des générations futures. Par la reconnaissance que chacun accepte à l'égard de ses prédécesseurs, l'amour et la foi viennent en elle se combiner. Ne nous est-elle pas toujours présente par ses moindres produits? Si elle ne possède pas la toute-puissance n'a-t-elle pas la souveraine bonté? L'ensemble continu des êtres convergents, voilà comment la définit le grand novateur.

Composée de morts et de non nés, les vivants ne sont que ses serviteurs. Objet perpétuel de notre culte, elle se personnifiera dans son plus éminent produit, la femme, qu'elle élève sur son autel, parée de ses plus nobles attributs de tendresse et de pureté. L'utopie positiviste nous la présente dans un type immaculé, réalisant l'éternel problème de l'homme affranchi des étreintes de l'animalité.

Ce n'est pas seulement au nouveau Grand-Être que s'arrête la nouvelle synthèse, elle s'étend aussi à l'universalité des êtres. La Terre se présente comme le siège nécessaire de ce Grand-Être. Nos dispositions fétichiques pourront être aisément éveillées à son égard. Déjà douée d'activité, elles lui communiqueront la bienveillance. Quoique l'activité qui lui est propre soit aveugle, on peut supposer qu'elle ne l'a pas toujours été. Dans un mémorable enfantement, elle s'est épuisée pour donner la vie à tout ce qui vit à sa surface. Ainsi ont successivement paru les végétaux, les animaux et, dans un sublime effort, l'homme lui-même, d'où surgira le Grand-Être. Que de trésors, spéculatifs ou autres, par lui amassés dans la longue progression qu'il a accomplie à travers les siècles! Ces trésors, il les confiera à l'Espace, à ce grand milieu, qui les conservera dans l'inépuisable bienveillance qu'il faut aussi lui accorder, pour nous les rendre lorsqu'ils lui seront demandés. Séparés des êtres où ils se manifestent par l'abstraction qui nous révèlent leurs propriétés, les phénomènes eux-mêmes vont recevoir ainsi un siège. Le Grand-Être, le Grand-Fétiche, le Grand-Milieu, en d'autres termes, l'Humanité, la Terre, l'Espace, tels sont les trois termes d'une grande trilogie que le sentiment tiendra toujours rapprochés et entre lesquels il établira un indissoluble lien. Toute la science concrète, aussi bien que la science abstraite, se trouvent ainsi condensées dans une nouvelle synthèse à laquelle la qualification de subjective peut justement convenir.

En écrivant ces pages, que pouvions-nous avoir en vue, sinon de montrer les phases variées d'une grande existence, à laquelle une unique pensée a cependant présidé ? Puissent-elles servir d'acheminement vers l'œuvre qui devait la couronner ! Si la mémorable introduction à la *Synthèse subjective* suffit pour instituer la synthèse finale, elle nous montre aussi l'étendue de la perte que nous avons faite, lorsque la mort est venue si inopinément en suspendre le développement.

L'institution de la synthèse subjective va conduire à la construction de l'encyclopédie abstraite et de l'encyclopédie concrète. Telle devait être la destination des quatre volumes donnés sous le titre général de *Synthèse subjective*. L'immortel auteur s'était réservé la rédaction des deux tomes extrêmes de l'encyclopédie abstraite, c'est-à-dire des traités de philosophie mathématique, ou de logique positive, et de morale positive, ce dernier instituant la science de l'homme. Le premier volume a seul été écrit. L'encyclopédie concrète devait, à son tour, se résumer en deux autres volumes, traitant de la morale pratique, ou de l'éducation, et de l'industrie positive, celle-ci sous le titre de l'action de l'homme sur la planète. Les plans qui nous sont restés des divers traités que nous rappelons ici peuvent montrer, mieux que nous ne pouvons le dire, tout le vide qu'a laissé après elle une mort prématurée. L'exécution de ce colossal travail ne pouvait que susciter une entière rénovation de l'entendement humain. On peut s'en convaincre en lisant l'unique traité qui nous a été laissé. Un tel traité, consacré à la philosophie mathématique, devait être précédé de l'institution de la logique positive conformément à la nouvelle destination donnée à la science du nombre, de l'étendue et du mouvement.

C'est ce que nous trouvons dans la mémorable introduction à la synthèse subjective. Sans méconnaître la portée et l'importance du *Discours sur la méthode,* après la lecture des pages consacrées à cette dernière institution, nous ne pouvons voir dans l'œuvre d'un incomparable prédécesseur que le pressentiment d'une logique universelle, dont le champ doit s'étendre à la fois à la science et à l'art.

La définition donnée à la logique, par le grand philosophe, sous une nouvelle rédaction, nous montre le cerveau tout entier en activité dans l'institution de nos conceptions quelconques. Si les trois régions cérébrales doivent y concourir, la région affective n'y reste pas moins toujours prépondérante. Les deux autres n'en seront que des appendices naturels. Tout devant désormais être rapporté à l'Humanité, c'est le sentiment qui présidera à nos constructions ou à nos conceptions quelconques, l'esprit restant toujours le ministre du cœur sans toutefois en être jamais l'esclave. Méconnaissant dans la marche de la pensée l'importance des sentiments et des images, la philosophie grecque a naturellement exagéré celle des signes, c'est ce qu'indique d'ailleurs la dénomination donnée par elle à la logique et adoptée par les modernes. La dernière phase du théologisme, instituée spécialement pour la culture du sentiment, ne put que protester contre une telle disposition, en soumettant toute investigation à la tradition. L'immortel auteur de l'Imitation a pu formuler de son côté une admirable règle qui a servi d'épigraphe au traité qui nous est resté : *Omnis ratio et naturalis investigatio, fidem siqui debet, non precedere nec infringere.* La foi équivalant ici à l'amour, c'est donc toujours au cœur à poser les questions, si l'esprit doit les résoudre.

La science, toujours analytique, n'a jamais pu s'élever à une véritable construction. Ses conceptions, sous ce rapport, sont toujours inférieures à celles de la philosophie et de la poésie, vu leur nature essentiellement synthétique. Elle n'a pu jamais fournir aucune règle importante à la logique universelle. Toute conception devant aboutir à une image finale, on est ainsi conduit à cette autre règle : *induire* pour *déduire afin de construire.*

Puissent ces divers aperçus intéresser le lecteur à remonter à l'œuvre originale où, nous osons le lui promettre, il trouvera, sous un titre spécial, un véritable traité de logique, en tant que celle-ci peut être enseignée en dehors de la doctrine. C'est le vrai discours de la méthode.

La troisième partie de l'Introduction magistrale que nous analysons est spécialement consacrée à la coordination de la philosophie mathématique.

Un parallélisme, fait remarquer le grand novateur, s'établit naturellement entre le Grand-Milieu, le Grand-Fétiche et le Grand-Être, avec les signes, les images et les sentiments, intellectuellement aptes, dit-il, à déduire, induire et construire. La déduction s'accomplit ordinairement à l'aide des signes que nous conserve le Grand-Milieu, d'après les phénomènes qui lui sont confiés. L'institution de la vraie science surgit de ce rapprochement. La hiérarchie abstraite vient de la sorte se condenser en trois parties, en groupant d'abord les trois sciences inorganiques, puis les trois domaines organiques, tandis que la science du nombre, de l'étendue et du mouvement forme un domaine distinct. Tout le savoir théorique se trouve dès lors constitué dans la progression que forment la Logique, la Physique et la Morale, dont chacun de ces termes peut se rattacher successivement à l'*Espace*, à *la Terre* et à *l'Humanité.*

Il nous reste ainsi à justifier la qualification de logique sous laquelle le grand novateur désigne désormais la science fondamentale.

On n'apprend à raisonner qu'en raisonnant, dit-il; aussi est-ce à tort que les métaphysiciens ont voulu ériger la logique en un corps distinct de doctrine. Les lois de l'entendement se manifestant surtout dans l'étude de la hiérarchie scientifique, c'est donc elle qui constitue le véritable enseignement logique. Déductifs en mathématique, les procédés logiques sont, avec des caractères variés, inductifs en physique, pour devenir constructifs en morale. Ce n'est donc qu'après avoir parcouru tous les degrés de la hiérarchie scientifique, qu'on peut considérer comme terminé l'apprentissage logique. Cependant en raison de la simplicité des phénomènes qu'elle étudie, la science du nombre se montre par cela même déjà apte à constituer cet apprentissage. Quoiqu'il soit ici essentiellement déductif d'abord, il peut s'étendre aux autres procédés de raisonnement; il suffit pour cela de transporter dans la science fondamentale ceux de ces procédés qui ont été institués dans l'étude des phénomènes supérieurs.

Sans étendre davantage ces considérations, elles justifient assez, croyons-nous, la substitution du mot de logique à celui communément usité jusqu'ici pour qualifier la science mathématique, où la dépendance des parties avait déjà conduit un grand précurseur à renoncer, pour la désigner, à la pluralité d'expression.

C'est par la logique que commence l'initiation théorique des jeunes disciples de l'Humanité; ainsi est qualifiée la jeunesse qui touche à son troisième septénaire. Jusqu'ici l'enfant a été laissé aux soins exclusifs de la famille, où, sous l'initiative maternelle, il a reçu une culture d'abord morale, puis essentiellement esthétique. Passant des mains maternelles à celles du Sacerdoce, pendant les sept ans que durera son instruction théorique, il sera progressivement initié aux sept degrés de la hiérarchie abstraite. Pendant cette longue initiation il va être exposé à des dangers dont sa moralité pourra se ressentir. Des études où domine l'abstraction pourront, en effet, dessécher son cœur, malgré les correctifs qu'il trouvera dans la pratique du culte intime et dans les grandes cérémonies du culte public. Ce danger va persister jusqu'à ce que l'instruction théorique ait atteint son terme extrême, la morale, c'est-à-dire la science de l'homme, où l'abstrait se fond dans le concret, où le sujet s'identifie avec l'objet. Mais c'est en logique, où prévaut, avons-nous dit la déduction, que ce danger se manifestera principalement. Vu les efforts qu'elle suscite, l'intelligence y tendra souvent à s'affranchir du sentiment. Aussi c'est là, dit le grand penseur, que l'initiation théorique doit être réduite à ce qu'exige la préparation à la science finale, à laquelle il faut réserver l'élaboration de toutes les conceptions décisives. La science de l'Espace, c'est-à-dire la Logique, doit différer dans l'état normal, fait-il encore observer, de ce qu'elle a été pendant sa préparation. Ainsi la plupart des travaux qui y ont été accumulés en ces derniers temps devront être finalement rejetés. Son domaine embrassant les spéculations relatives au nombre, à l'étendue et au mouvement, seuls attributs communs à tous les êtres appréciables, se composera toujours de trois éléments : *calcul, géométrie* et *mécanique*.

Il est inutile, croyons-nous, de pousser plus loin cette analyse d'une Introduction, qui à elle seule peut montrer quelle transformation la nouvelle doctrine introduit dans l'entendement humain. La lecture du volume ravi à la mort ne laisse aucun doute à cet égard dans les esprits bien préparés.

Si l'on peut condenser, en quelque sorte, autour des trois grands noms de Descartes, de Leibnitz et de Lagrange toute la vaste élaboration qui a renouvelé et agrandi le domaine mathématique, pendant les trois derniers siècles, qui pourra se refuser à considérer Auguste Comte, après une pareille lecture, comme en étant le législateur. Personne ne peut hésiter à admettre, après la déclaration de Lagrange lui-même, de l'auteur d'un des plus beaux monuments élevés par le génie abstrait, que l'ère mathématique est à jamais close. Tout en érigeant la science du nombre en un véritable apprentissage destiné à nous élever à l'étude des domaines supérieurs et particulièrement à celle de la science de l'homme, qui n'admet aujourd'hui que l'esprit humain ne saurait davantage se complaire en des questions désormais sans importance, soit pour la doctrine, soit pour la méthode.

L'introduction à la Synthèse subjective et le traité de logique lui-même resteront comme la mesure du degré d'adhésion à la grande doctrine qui remplit tout notre siècle, quoiqu'elle ait été diversement commentée par des écrivains le plus souvent mal préparés et insuffisamment affranchis des préjugés ou habitudes ontologiques.

# LE TEMPLE DE L'HUMANITÉ

Le temple de l'Humanité est, comme on le sait, situé dans le bois sacré, au milieu des tombes d'élite. C'est un immense vaisseau, flanqué à son extrémité postérieure de deux grands bâtiments affectés au logement du personnel sacerdotal et aux cours destinés à l'initiation théorique des jeunes disciples de l'Humanité. Dans ce dernier bâtiment se trouvent des amphithéâtres pour l'enseignement et les collections scientifiques. L'édifice, en y comprenant ses deux annexes, a la forme d'un T, dont la branche verticale est très allongée. Le vaisseau central, qui constitue le temple, est pourvu de quatorze chapelles latérales. Le chœur se termine en hémicycle et l'édifice est surmonté, vers son tiers postérieur, d'une vaste coupole, que couronne la statue de l'Humanité. Les chapelles latérales sont consacrées aux treize grands types du calendrier concret, sauf la dernière, la plus rapprochée du chœur, qui est affectée aux saintes femmes, sous la présidence d'Héloïse, que le moyen âge a honorée et que la postérité sanctifiera, en complétant le jugement du passé.

Au milieu du chœur, qui est séparé par une balustrade du reste de l'édifice, se trouve une aire elliptique, dont le grand axe est perpendiculaire à l'axe du temple. Elle est surmontée des treize grands types du calendrier concret. Saint Paul, personnifiant la religion, est au centre de cette aire, qui s'élève sur sept assises, consacrées aux sept degrés de la hiérarchie scientifique. Des figures emblématiques en bas-relief ornent ces diverses assises. On arrive sur cette aire par des degrés disposés perpendiculairement à la direction de son petit axe. Treize autres degrés permettent de passer de cette première aire à une aire terminale, où se trouve la statue de l'Humanité, qui domine de la sorte, d'une très grande hauteur, l'ensemble du vaisseau central. Ces treize degrés sont consacrés aux treize mois du calendrier abstrait ; les quatres premiers, aux fonctions normales, les trois suivants, aux états préparatoires et les six autres aux liens fondamentaux.

Chacun de ces treize degrés est orné de figures symboliques. L'échelle ascensionnelle qu'ils forment, est divisée en trois parties par deux aires également elliptiques. La première, qui succède aux fonctions normales, est surmontée d'un groupe qui personnifie ces diverses fonctions. D'un côté, à droite, se trouve un prêtre de l'Humanité (la providence intellectuelle) ; en avant, un peu sur le côté, est un patricien (la providence matérielle) ; de l'autre côté, une femme (la providence morale), ayant derrière elle un prolétaire (la providence générale). La femme présente au prêtre de l'Humanité un jeune enfant de quatorze ans qu'elle a préparé à l'initiation théorique. La seconde aire, celle qui vient après les trois états préparatoires, est surmontée d'un second groupe. A gauche, le fondateur de la religion de l'Humanité, revêtu d'habits pontificaux, condensant en sa personne l'évolution abstraite de notre espèce. Il tient un représentant de la race noire de la main gauche, pour indiquer l'incorporation du fétichisme au positivisme, et de la droite, il invite un personnage placé vis-à-vis de lui à s'élever jusqu'à la statue de l'Humanité. Ce personnage, qui représente la théocratie primitive, a derrière lui un autre personnage appartenant à la race jaune, digne représentant du mouvement fétichique exceptionnel propre à un tiers de notre espèce. Les deux mouvements théocratique et fétichique, que ces deux types représentent, vont ainsi se fondre dans l'évolution abstraite de la race blanche, qui absorbe finalement les diverses évolutions concrètes. Tel est l'autel de l'Humanité. L'art se chargera de compléter ces indications générales. (*Voir le tableau ci-contre.*)

L'Amour pour principe et l'Ordre pour base; le Progrès pour but.

# TABLEAU SOCIOLATRIQUE

RÉSUMANT EN 81 FÊTES ANNUELLES

l'adoration universelle de l'HUMANITÉ

Vivre pour autrui (la Famille, la Patrie l'Humanité.)

---

**LIENS FONDAMENTAUX**

- 1er Mois. **L'Humanité** .......
  - 1er Jour de l'année. Fête synthétique du Grand-Être.
  - Fêtes hebdomadaires de l'Union sociale.
    - religieuse.
    - historique.
    - nationale.
    - communale.
- 2me Mois. **Le Mariage** .......
  - complet.
  - chaste.
  - inégal.
  - subjectif.
- 3me Mois, **La Paternité** .......
  - complète ....
    - naturelle.
    - artificielle.
  - incomplète ..
    - spirituelle.
    - temporelle.
- 4me Mois. **La Filiation** ....... *Mêmes subdivisions.*
- 5me Mois. **La Fraternité** ..... *Idem.*
- 6me Mois. **La Domesticité** ...
  - permanente .
    - complète.
    - incomplète.
  - passagère ... *Même subdivision.*

**ÉTATS PRÉPARATOIRES**

- 7me Mois. **Le Fétichisme** ...
  - spontané ....
    - nomade. (*Fête des Animaux.*)
    - sédentaire. (*Fête du Feu.*)
  - systématique
    - sacerdotal. (*Fête du Soleil.*)
    - militaire. (*Fête du Fer.*)
- 8me Mois. **Le Polythéisme** .
  - conservateur. (*Fête des Castes*)
  - intellectuel .. (*Salamine*)
    - esthétique, (*Homère, Eschyle, Phidias,*)
    - théorique .. (*Thalès, Pythagore, Aristote, Hippocrate, Archimède, Apollonius, Hipparque.*)
  - social ....... (*Scipion, César, Trajan.*)
- 9me Mois. **Le Monothéisme**.
  - théocratique. (*Abraham, Moïse, Salomon.*)
  - catholique ...
    - (*Saint Paul.*)
    - (*Charlemagne.*)
    - (*Alfred.*)
    - (*Hildebrand.*)
    - (*Godefroi.*)
    - (*Saint Bernard.*)
  - islamique .... (*Lépante*) (*Mahomet.*)
  - métaphysique
    - (*Dante.*)
    - (*Descartes.*)
    - (*Frédéric.*)

**FONCTIONS NORMALES**

- 10me Mois. **La Femme** ........ Providence morale.
  - mère.
  - épouse.
  - fille.
  - sœur.
- 11me Mois. **Le Sacerdoce** .... Providence intellectuelle.
  - incomplet ... (*Fête de l'Art.*)
  - préparatoire. (*Fête de la Science.*)
  - définitif .....
    - secondaire.
    - principal. (*Fête des vieillards.*)
- 12me Mois. **Le Patriciat** ...... Providence matérielle.
  - banque (*Fête des Chevaliers.*)
  - commerce.
  - fabrication.
  - agriculture.
- 13me et dernier mois. **Le Prolétariat.** Providence générale.
  - actif (*Fête des Inventeurs: Gutenberg, Colomb, Vaucanson, Watt, Montgolfier.*)
  - affectif.
  - contemplatif.
  - passif. (*Saint François d'Assise.*)

Jour complémentaire ............ Fête universelle des Morts.

Jour bissextile ................ Fête générale des Saintes Femmes.

Je tiens d'Auguste Comte lui-même tous les détails que je donne ici sur le temple et sur l'autel de l'Humanité, sauf ce qui a rapport aux deux groupes placés sur l'échelle ascensionnelle. En remarquant que le fondateur de la religion de l'avenir ne figurait pas parmi les grands types destinés à la glorification du passé, je crus devoir lui proposer de placer en avant de la statue de l'Humanité, sur la même aire, le dernier groupe que je viens de décrire. Sur son observation qu'un pareil groupe ne pouvait représenter que le passé, c'est-à-dire une partie seulement de l'évolution humaine, et que la position que je lui donnais était en conséquence trop prépondérante, je fis descendre ce premier groupe sur l'aire qui succède aux états préparatoires. Mais cette première coupure de l'échelle ascensionnelle en réclamait une seconde, qui était naturellement indiquée par le calendrier abstrait. C'est ainsi que je fus conduis en dernier lieu à la conception du groupe propre aux liens fondamentaux. Nous espérons que ces détails ne seront pas déplacés ici.

Pénétrons maintenant par la pensée dans le temple, un jour de fête. Il ne dépend que de nous d'assister avec nos petits-neveux à la grande cérémonie du dimanche matin.

Dans l'antiquité le culte consistait dans le sacrifice. Il était offert à une divinité quelconque ; il pouvait être privé ou public. Il faut remonter jusqu'au fétichisme primitif pour trouver la justification du sacrifice. C'était vraisemblablement à un fétiche animal qu'il était offert, lequel se nourrissait de la victime immolée. Le polythéisme ne fit que suivre l'impulsion donnée.

Le monothéisme musulman a conservé le sacrifice en certaines circonstances exceptionnelles. C'est encore le sacrifice qui reste l'âme du culte chrétien ; mais il a changé de caractère. Jadis, c'était à attendrir une divinité qu'il était destiné. Ici, c'est une divinité qui s'offre en sacrifice pour le salut de tous. Par son immolation chacun est rendu participant à sa nature et doit se préparer par la prière à recevoir les grâces qui découlent d'une telle faveur. La prière devient ainsi une véritable culture morale, impliquant naturellement un enseignement qui s'étendra à l'ensemble des fidèles. Pour répondre aux exigences d'une telle inversion, d'extérieur qu'il avait été jusqu'alors, le culte deviendra intérieur et réclamera de vastes édifices. Le culte antique, comme on le sait, s'accomplissait le plus souvent en plein air ou sous le portique du temple.

C'est en réglant intérieurement chaque individualité par la discipline qu'il institue, que le régime chrétien, fait remarquer Auguste Comte, arrive à rallier les diverses personnalités auxquelles il s'adresse, et cela, par la similitude des dispositions qu'il suscite en chacun. Le régime antique, au contraire, réglait en ralliant, en faisant naître des dispositions convergentes d'après le but assigné à la communauté des efforts. Sous un tel régime, la culture morale résultait de la pratique même des devoirs généraux auxquels chacun était soumis, avant qu'aucun enseignement en eût démontré la nécessité. C'est ce qui se pratique encore, comme on le sait, dans l'éducation du premier âge, qui doit être toute d'obligation et d'imitation.

En instituant la culture morale, le régime qui succéda à celui de notre adolescence posait du même coup le plus grand de tous les problèmes, celui de l'unité humaine. Aussi, un tel régime, indépendamment de son efficacité morale, devint-il éminemment favorable à la culture de nos plus hautes facultés mentales.

On voit quelle révolution dut s'opérer dans le cerveau humain par le seul fait du passage du régime antique à celui qui lui succéda. La culture de nos plus hautes facultés se trouve dans ce passage à jamais instituée, et à quelque consécration qu'elle reste désormais soumise, elle ne devra pas moins avoir pour effet de faire prévaloir nos meilleurs instincts sur notre égoïsme natif. Chacun peut ainsi concourir au bonheur de tous.

En se plaçant à ce nouveau point de vue, la prière, qui n'a été d'abord qu'une demande intéressée, va prendre bientôt un tout autre caractère, surtout chez les natures élevées, où elle perdra de plus en plus son aspect égoïste. L'expression qui la caractérise chez les mystiques montre l'étendue de cette transformation. La méditation en devient, en effet, la partie essentielle ; elle institue un commerce intime et continue entre le croyant et sa divinité. C'est dans ce commerce que se manifeste au chrétien, dans la contemplation des divers attributs divins, les conditions de notre unité cérébrale, tant morale que mentale.

Lorsque la méditation s'élève à ce précieux résultat, elle ne fait que préparer l'effusion de nos meilleurs sentiments. Le positivisme montre la révolution ainsi accomplie chez les âmes d'élite, en définissant la prière une élévation de l'âme vers tout ce qui est digne d'être aimé. Systématisant la pratique de nos meilleurs prédécesseurs, il en dégagera les deux parties essentielles en y distinguant la commémoration de l'effusion proprement dite. Celle-ci, naturellement préparée par celle-là, trouve en elle des renseignements et des stimulants précieux, sans lesquels nos meilleures dispositions sentimentales n'aboutiraient qu'au vague et à l'agitation.

Il y a lieu maintenant de faire remarquer que sous le régime de notre maturité, les deux parties constituantes de la prière changent de caractère, sinon de nature. L'objet de l'adoration étant pour le chrétien essentiellement fictif, la commémoration devait aboutir chez lui à la construction de son type mystique d'après les attributs qu'il lui supposait. Elle préparait ainsi la manifestation d'une image finale, qui, chez certaines natures et dans certaines dispositions de cœur, pouvait acquérir l'intensité de la réalité. Il n'était pas rare, en effet, de voir la méditation, lorsqu'elle était poussée un peu loin, produire de véritables hallucinations, parfois aussi dangereuses pour l'esprit que pour le cœur.

L'Humanité se révélant au contraire à chacun de ses croyants par ses produits, son existence est toujours manifeste et ne saurait jamais être mise en doute. Aussi, pour ses fidèles, la première partie de la prière conservera-t-elle un caractère simplement commémoratif. Le champ de son action étant toujours bien délimité et ses divers attributs bien connus, l'image qu'éveillera la commémoration se manifestera toujours sans efforts et l'esprit n'aura, le plus souvent, qu'à reproduire un type rendu familier à chacun de ses adorateurs. L'effusion sentimentale s'effectuant en ces conditions sera plus complète, en raison même de la netteté des souvenirs et des émotions qui l'auront préparée. On voit que si pour le dévot chrétien la commémoration fut la partie la plus décisive de la prière, pour le positiviste l'effusion en devient la chose prépondérante et, par suite, la plus salutaire.

Cette digression va nous permettre de fixer le véritable caractère du culte nouveau.

Il ne saurait y être question, bien entendu, de sacrifice, bien qu'en forçant l'analogie on puisse lui conserver encore ce caractère. Tout ce long passé ne fut-il pas un continuel sacrifice offert au salut de tous? A quel prix notre espèce a-t-elle triomphé de notre égoïsme natif? Que de larmes versées, que de souffrances endurées, que de sacrifices ont marqué chaque pas fait dans cette longue succession d'événements, qui devait finalement aboutir à l'épanouissement de tout ce qu'il y a de grand et d'élevé dans notre nature! Mais de telles considérations ne sauraient seules absorber nos préoccupations ; la vie se présentera à nos descendants sous un aspect plus calme, moins tourmenté. A la reconnaissance pour les services reçus succéderont de nobles élans d'amour, et l'adoration du Grand-Être, résumant l'ensemble du passé et de l'avenir, nous rappellera à la fois toutes les phases de son histoire et le but constant de ses efforts.

De cette adoration, dont le caractère ne saurait rester indécis, se dégageront naturellement les deux principales parties du culte nouveau. Ici encore, comme dans la prière privée, il faut que la commémoration de tout un passé, digne de notre admiration et de notre gratitude, vienne préparer l'effusion des nobles sentiments destinés à nous rendre plus aptes à l'accomplissement des devoirs qu'impose à chacun toute vie collective.

Vers les derniers siècles du moyen âge, le culte chrétien lui-même sembla prendre ce nouveau caractère, par la substitution chez tous les méridionaux du culte de la Vierge au culte de Dieu. En remplaçant l'idéal filial, l'idéal maternel, en raison même de la substitution d'un type plus humain au type mystique, devait susciter un élan plus spontané de sentimentalité. Ce fut là un véritable progrès, en même temps qu'un grand pressentiment de l'avenir.

Entre les deux parties fondamentales du culte public, une troisième partie se place naturellement. Après que la commémoration a ouvert les cœurs à de nouvelles émotions, avant même que l'effusion ait transporté les âmes, il convient de rappeler le but commun de tous les efforts. Tel sera l'objet de la communion.

Ce sont là les trois parties essentielles du culte public. Mais il importe que toute réunion, dont le but est bien déterminé, soit précédée d'une introduction qui en marquera la nature et qui, dans le cas présent, prendra le caractère d'une véritable invocation. Enfin, si l'effusion sentimentale a produit tous ses effets, elle devra, pour affermir les cœurs, susciter de salutaires résolutions. D'où la nécessité d'une dernière partie, où aux chants d'allégresse succéderont des formules de résolution prononcées d'abord par l'officiant et répétées avec le rythme qui leur convient par l'assistance. L'esprit, le cœur et le caractère auront été de la sorte successivement éveillés ou stimulés, en vue de l'accomplissement ultérieur des actes de la vie, tant publique que privée.

Telles sont les cinq principales parties de la cérémonie qui réunira chaque dimanche ou jour de fête les serviteurs de l'Humanité. Nous allons présenter maintenant les développements qu'elles comportent.

C'est ici qu'une grande conception d'Auguste Comte va recevoir une belle application. L'incorporation du fétichisme au positivisme marque un pas décisif dans la carrière du grand novateur. Elle se trouvait en quelque sorte imposée autant par les convenances sentimentales que par l'obligation où se trouvait le culte nouveau de lier entre elles les conceptions des divers âges de la vie, tant individuelle que collective. L'Espace, la Terre et l'Humanité, tels seront les trois éternels objets de notre adoration.

L'Espace, la plus ancienne de nos institutions logiques, retient les empreintes des êtres au milieu desquels nous vivons pour nous les rendre en quelque sorte au fur et à mesure que nous en avons besoin. On peut naturellement le supposer susceptible de s'empreindre encore de leurs diverses propriétés, qui, pas plus que les êtres eux-mêmes, ne sont toujours présentes à nos sens. Le grand milieu devient ainsi le siège naturel de tous les phénomènes que l'abstraction théorique a séparés des corps.

S'il faut refuser à l'espace l'intelligence et l'activité, nous pouvons, en raison des services que nous en recevons incessamment, le supposer doué de bienveillance, attribut subjectif de toute existence. Dans son inépuisable bonté, ne conserve-t-il pas pour nous les fournir les matériaux de toutes nos conceptions et les mobiles de toutes nos émotions?

La Terre est le siège nécessaire de notre activité, c'est, comme on l'a dit, notre première mère, l'*alma mater* des anciens. C'est d'elle que nous tenons la vie, et que nous sortons; c'est à elle que nous retournerons et que nous rendrons notre dépouille dernière. Comme l'Espace, il faut la supposer douée aussi de bienveillance. Elle a, en plus, l'activité. Cette activité qui est aujourd'hui aveugle, le cœur peut supposer qu'elle ne l'a pas toujours été. La Terre a pu, en effet, en d'autres temps, manifester des résolutions et les diriger alors qu'elle était intelligente. C'est en préparant l'avènement des êtres vivants et de l'homme en particulier, le plus grand de tous, qu'elle s'est épuisée dans un sublime enfantement et qu'elle a ainsi perdu ses plus nobles attributs pour nous les céder.

Entre la Terre et l'Espace, l'art placera nos deux enveloppes, liquide et gazeuze : l'Eau et l'Air. Tout le passé les a chantées, leur action sur nous est trop directe pour que le sentiment leur refuse une part dans le culte qu'il voue à la nature entière. Mais dans l'Espace viendront encore se placer les astres radieux, nos sœurs les planètes, la lune notre fidèle compagne des nuits, enfin le soleil source éternelle de la vie. Comme à l'Espace et à la Terre, le sentiment leur accordera la bienveillance qui s'ajoutera à leur activité propre.

Préparée par l'antique collaboration du grand milieu et du grand fétiche, l'Humanité apparaît avec ses nobles attributs, le sentiment, l'activité et l'intelligence. Entre la Terre et elle viennent s'intercaler les végétaux, ces laboratoires de notre existence, et les animaux, ces compagnons de nos luttes et de nos labeurs. Ils furent noblement résignés à notre prépondérance, qui contint leur développement.

Tout ce qui vient d'être retracé ici est explicitement indiqué dans l'introduction à la *Synthèse subjective*. Je n'ai rien inventé ni rien innové. Ce qui paraîtra extravagant à ceux qui ne se sont point élevés avec le maître jusqu'au terme extrême d'une grande conception, n'en est, en quelque sorte, que l'épanouissement. Le docteur universel ne pouvait méconnaître ce que la poésie avait depuis longtemps pressenti, ce que de tout temps ont réclamé nos exigences sentimentales. L'amour a toujours rapproché les êtres, et la foi nouvelle n'a fait que céder à son impulsion en s'incorporant le fétichisme, cette religion des premiers temps et des premiers âges, dont l'antique puissance nous domine encore quand la passion s'empare de nous.

Depuis que l'esprit a pris possession de son vaste domaine, les dangers qui pouvaient naître de l'exaltation sentimentale ont disparu. L'imagination, toujours contenue dans les bornes de la réalité, tant objective que subjective, peut donc sans crainte se consacrer à son embellissement, pourvu qu'elle respecte toutefois les conditions du vrai. Donnant au cœur un libre champ, le positivisme n'a fait ainsi que systématiser d'antiques aspirations. Il ne fait qu'obéir, en effet, à l'exemple de nos premiers aïeux, à des tendances naturelles, lorsqu'il anime la nature. Prévoyant les exigences du cœur, il lui communique la bienveillance et l'intelligence sans lui refuser l'activité que les savants seuls lui ont contestée. Entretenues d'abord par notre ignorance première des lois qui régissent notre double nature, nos dispositions fétichiques se manifestent encore, au sein même de la plus complète positivité, quand la passion nous empêche de consulter la réalité, ou que le défaut de renseignements laisse notre cœur hésitant. Il faut donc s'attendre à voir toujours ces précieuses dispositions se manifester à tous les âges de la vie, sous tous les régimes capables de pousser activement à la culture de nos instincts sympathiques.

Les objets qui dans le jeune âge ont éveillé nos meilleures émotions pourront continuer de la sorte à les éveiller encore, lorsque nous nous trouverons vis-à-vis de ces premiers témoins de notre existence. Ils conserveront ainsi leur précieux privilège alors même qu'ils nous apparaîtront sous un autre aspect, pouvu toutefois que la filiation des temps et des lieux ne soit pas rompue ou méconnue. C'est ainsi que la religion de la maturité pourra toujours absorber celle de l'enfance, comme elle s'est substituée progressivement à celles des âges intermédiaires de notre existence collective.

Après ces diverses explications, on comprend que l'introduction à la cérémonie positiviste doive s'ouvrir par une invocation à l'Espace, dont la bienveillance s'étend toujours sur chacun de nous, en conservant pour nous les rendre les images chères à nos affections et les phénomènes eux-mêmes que la sagesse humaine a dû séparer de leurs sièges concrets. L'invocation s'étend ensuite aux astres, ces témoins séculaires de notre antique histoire, pour s'élever ensuite à la Terre, notre première mère. Le culte que nous rendons à la Terre ne doit jamais se séparer de celui qui s'adresse à nos deux enveloppes fluides, l'air et l'eau, que toutes les vieilles théogonies, avons-nous dit, ont chantées, et que la reconnaissance humaine glorifie en les considérant comme la source inépuisable de toute existence et de toute activité. Notre reconnaissance s'étendra aussi aux végétaux et aux animaux, ces laboratoires de notre alimentation, ces compagnons de nos travaux.

Quelque étrange que puisse paraître ce que nous venons d'exposer, aux natures réfractaires à tout entraînement sentimental, il est facile de leur montrer qu'on en trouve déjà les rudiments dans le passé. Pour le Franciscain qui tenta la régénération d'un monde déjà épuisé, l'amour ne connaît pas de bornes. L'univers, sous sa naïve inspiration, va s'animer pour célébrer la gloire et la bonté du Maître commun. Nous assistons ici à un retour complet au fétichisme primitif. Son cantique aux *Créatures et à notre frère le soleil* est un sublime pressentiment de ce qui sera consacré six siècles plus tard par le génie philosophique sous la stimulation du sentiment.

*(Voir le cantique ci-contre.)*

## CANTICO DE LE CREATURE

COMMUNEMENTE DETTO

### DE LO FRATE SOLE

---

1° Altissimo omnipotente bon Signore :
Tue son le laude, la gloria et l'onore,
Et ogni benedictione :
A te solo se confano :
Et nullo homo è degno di nominar te.

2° Laudato sia Dio mio Signore
Cum tutte le tue creature,

Specialmente Messer lo frate Sole :
Lo quale giorna et illumina nui per lui,
Et ello è bello et radiante cum grande splendore :
De te Signore porta significatione.

3° Laudato sia mio Signore per sor luna et per le stelle :
In celo le hai formate clare et belle.

4° Laudato sia mio Signore per frate vento
Et per l'aire et nuuolo et sereno et omne tempo :
Per le quale dai a le tue creature sustentamento.

5° Laudato sia mio Signore per sor aqua :
La quale è multo utile et humile et pretiosa et casta,

6° Laudato sia mio Signore
Per frate foco, per lo quale tu allumini la nocte :
Et ello è bello et jucundo et robustissimo et forte.

7° Laudato sia mio Signore per nostra matre terra :
La quale ne sostenta et guberna,
Et produce diuersi, fructi coloriti fiori et herbe.

8° Laudato sia mio Signore
Per quelli que perdonano per lo tuo amore
Et sosteneno infirmitate et tribulatione :
Beati queli que sostenerano in pace :
Che da te altissimo serano incoronati.

9° Laudato sia mio Signore per sor nostra morte corporale :
De la quale nullo homo vivente po scampare.
Guai a queli que more in peccato mortale.
Beati queli que se trouano ne le tue santissime volontate
Che la morte secunda non li porà far male.

10° Laudate et benedicite mio Signore et regratiate :
Et seruite a lui cum grande humilitate.

Après l'invocation initiale, dont nous venons de montrer les divers aspects, la cérémonie positiviste se continue par la commémoration sociale. Elle doit naturellement rappeler les grandes phases de l'évolution humaine.

C'est ici le lieu de présenter une grande loi logique à laquelle se sont empiriquement conformés tous les mystiques et dont Auguste Comte, à qui elle s'est aussi révélée dans le cours de la prière, a fait une véritable institution. Pour raviver nos souvenirs, et, par suite, pour préparer l'effusion sentimentale qu'ils doivent provoquer, il est indispensable de déterminer préalablement le lieu où doit s'accomplir toute action. Placée alors dans le milieu qui lui convient, l'image évoquée acquiert plus de netteté et plus de précision. L'invocation à l'Espace et à la Terre qui ouvre la grande cérémonie du dimanche prend ainsi un caractère nouveau dès qu'on accepte l'obligation imposée par la règle que nous venons de signaler. Ce n'est donc pas seulement comme une introduction à une grande scène religieuse, qu'il faut dès lors l'envisager, c'est aussi comme moyen de construire le milieu à la fois subjectif et objectif où se développe la grande existence que la commémoration va évoquer. Après les invocations initiales l'Humanité apparaîtra à tous sur le théâtre de son action séculaire, entourée des agents animaux ou végétaux dont le concours lui fut si nécessaire pour prendre possession de son domaine et y asseoir définitivement son empire.

La durée de la commémoration devra être plus longue que celle de l'introduction.

Celle-ci est invariable, celle-là comporte de nombreux changements. La commémoration se composera d'une première partie, toujours fixe, qui fait en quelque sorte le fond de la cérémonie, et d'une partie mobile qui s'adresse au type spécial qu'on veut glorifier, suivant les indications du calendrier abstrait. Dans la partie fixe, c'est l'évolution humaine qui doit se dérouler dans la succession de ses principales phases. La poésie se chargera de présenter, sous les images les plus saisissantes, cette longue progression à travers les temps. La partie mobile est consacrée à la glorification d'une période ou d'un type spécial de l'histoire de l'Humanité. Ainsi, en célébrant, par exemple, la fête des animaux dans le mois consacré au fétichisme, on introduira à leur égard un épisode spécial, qui pourra toujours se prêter à d'intéressants developpements, soit poétiques, soit musicaux. On en dira autant de la Fête du Fer, de celle de l'Art, des Chevaliers, etc. (*Voir le tableau sociolatrique.*)

Nous ferons remarquer que ce que nous indiquons ici est, à quelque chose près, pratiqué par l'Église catholique, qui modifie pour chaque fête le canon de la messe, afin de pouvoir honorer plus spécialement tel ou tel saint, ou, encore, pour célébrer telle ou telle institution. Le moyen âge, moins dominé que nous par la règle, introduisit quelquefois dans le cours de la messe des épisodes variés, dont la forme, souvent étrange, ne rappelait pas moins la nature de l'intention. Son sacerdoce, qui n'avait pas encore à se défendre contre les influences dissolvantes, s'était prêté à bien des innovations que lui imposait la sentimentalité de l'époque. Qui ne connaît, entre autres, la messe de l'Ane, où de graves personnages venaient honorer l'humble animal qui de son souffle réchauffa l'Enfant-Dieu?

Comme nous le faisons remarquer, la messe catholique, bien qu'ayant principalement en vue le sacrifice, ne consacrait pas moins une de ses principales phases à la commémoration de certains événements spéciaux, elle avait ainsi une partie toujours fixe et aussi une partie qui variait suivant le type qu'elle voulait plus spécialement célébrer.

Toutes les considérations précédentes, qu'il est inutile d'étendre davantage, montrent suffisamment quel vaste champ s'ouvre à l'art dans la cérémonie hebdomadaire destinée à se substituer à la messe catholique. L'esprit philosophique pourra facilement établir entre les deux cultes une filiation directe. Il n'est point de grandes institutions, quelque originales qu'elles paraissent, qui n'aient d'antécédents, qui n'aient été ébauchées sous une forme quelconque par le passé. Comme on le voit, d'après l'exposition à laquelle nous venons de nous livrer, chaque fête, sous le culte nouveau, pourra donner lieu à des œuvres très variées, où l'imagination, définitivement placée au service de nos mobiles les plus élevés, recevra sa meilleure culture et son plus entier développement. Toutes les représentations théâtrales, lyriques ou autres, pourront disparaître sans aucun préjudice pour l'art et se fondre dans le culte de la bonne Déesse, qui absorbera ainsi tout ce qui sera digne de survivre dans les productions du passé.

A la commémoration succède, avons-nous dit, la communion. Elle consiste dans une action commune dont l'officiant fixe la nature; elle doit aboutir à l'adoration. C'est à la Vierge immaculée, condensant en sa personne tous les attributs humains, qu'elle s'adresse. Quelques développements sont ici nécessaires.

Toute synthèse comporte naturellement un résumé qui en rappelle les divers aspects. Lorsqu'elle embrasse nos sentiments, nos pensées et nos actes, elle constitue ce que, de tout temps, on a qualifié de religion. La synthèse catholique se résume dans le mystère eucharistique, qui rappelle les trois parties de la religion, culte, dogme et régime, bien qu'incomplètement. Le mystère échappe sans doute à toute démonstration et n'appartient pas à l'ordre réel; mais il a toujours l'avantage de présenter dans une image exagérée toutes les conditions d'un grand phénomène.

Une religion positive ne saurait, bien entendu, admettre le mystère; elle le remplace par l'utopie. Mais telle que la conçoit une religion basée sur la démonstration, l'utopie ne peut être que l'amplification des conditions du vrai, dont elle respecte la succession. C'est, en quelque sorte, la limite extrême de la réalité, et, comme le dirait un géomètre, elle en est l'asymptote.

En élevant la femme sur l'autel de l'Humanité, suivant les pressentiments féodaux, le positivisme condense en elle, dans une sublime conception, les divers aspects de l'éternel problème du bonheur humain. Il montre le triomphe définitif de la sociabilité sur la personnalité, but constant de tous les efforts.

La Vierge immaculée du plus grand des novateurs peut, mieux que le Dieu offert chaque jour en sacrifice, représenter les trois parties de la religion. Sa sainte personne, dans l'exceptionnelle transformation qu'elle a subie, rappellera toutes les phases de la grande lutte d'où le sentiment est sorti dégagé de toutes les souillures de l'animalité. Cette transformation extrême pourra aussi nous montrer toutes les phases de cette longue élaboration, commencée dès nos premiers pas dans la vie et qui s'achève de nos jours en fixant les conditions d'un bonheur jusqu'ici vainement poursuivi. Le but final de toute existence se dégage de la sorte de la contemplation d'un organisme où chaque amélioration obtenue marque un pas de plus dans la réalisation de nos meilleures conditions d'existence. C'est l'Humanité tout entière avec son passé et son avenir, qui se révèle ainsi à nous dans la vierge immaculée, chez qui les deux attributs, de tendresse et de pureté, restent désormais inséparables. Placée sur un tel piedestal, la femme nous apparaît comme la dispensatrice de tous les dons. Ainsi que l'a dit un poète, elle devient le monde de la grâce.

Si le catholicisme a hautement proclamé, dès ses débuts, que par lui-même l'homme ne peut rien sans un secours extérieur, sans une grâce spéciale qu'il fait émaner d'en haut ; le positivisme, fidèle observateur de la nature humaine, se place, lui aussi, sur le même terrain et proclame, plus hautement encore que ses derniers prédécesseurs, que l'homme livré à lui-même n'est que le jouet de ses passions, qu'il n'est quelque chose que par l'assistance continue de ceux qui ont vécu avant lui. Il nous le montre dans le sein maternel dominé déjà par la grande loi de l'hérédité, qui en fait un être exceptionnel parmi les êtres doués de vie. L'éducation ne fera que développer les germes de ce qu'il apporte en naissant et contenir ou transformer tout ce qui peut rappeler son origine animale. S'il a quelque mérite, c'est d'avoir cultivé ces précieux dons, d'où sortiront les grandes résolutions qui nous différencient de nos auxiliaires animaux. C'est par ces dons que nous arrivons à la vraie liberté, que le caprice et le vice n'ont jamais connue. Tel est, disons-le, l'enseignement quotidien que chacun trouvera dans la contemplation de la vierge sans tache, dont la sainte image reflétera toujours les vraies conditions du bonheur humain.

Comme on le voit, c'est sur le terrain de la grâce que nous nous retrouvons désormais placés, ainsi que nos derniers prédécesseurs. La femme en est, disons-nous, la source et tout dans son mystique organisme, où le sentiment est devenu l'éternelle loi, nous rappelle le triomphe de nos meilleurs instincts sur notre égoïsme natif.

Ceux qui pourront s'élever au point de vue où nous devons rester désormais placés, verront quel parti l'avenir peut tirer d'une telle conception pour son culte.

C'est l'officiant, avons-nous dit, qui préside ici à la communion des fidèles. Dans le culte catholique la communion est devenue une action à laquelle le prêtre et les fidèles s'associent, par la manducation, qui rappelle le sacrifice primitif, et qui, dans la doctrine paulinienne les rend participant à la nature divine.

Pour être différente sous le culte nouveau, l'action n'existe pas moins. L'officiant de la grande aire elliptique où il s'est placé dès la fin de la commémoration, s'élève graduellement jusqu'aux pieds de la vierge immaculée. Là, il prononce les paroles sacramentelles qui formulent l'utopique transformation et rappellent la dépendance de tous envers le passé et l'avenir.

L'Église catholique, dans la communion des fidèles, n'a fait qu'ébaucher une institution à laquelle l'avenir réserve une large destination. Ce sont des grâces nouvelles que va demander le fidèle lorsqu'il s'approche de la table sacrée, et la manducation eucharistique le rend, suivant la formule mystique, participant au corps et au sang de l'éternelle victime. Mais, sous ce symbole, le philosophe verra toujours une grande préparation morale que le culte nouveau doit conserver en la systématisant. En conséquence, le fidèle s'associera à l'officiant pendant qu'il prononce les paroles sacramentelles, et renouvellera l'engagement de vivre pour autrui, qu'il a déjà pris chaque fois qu'un nouveau sacrement lui a été conféré. C'est à devenir participant à la nature du grand organisme qu'il aspirera, en se donnant pour but de se dégager, autant que le comporte sa nature, de tout ce qui tient à son origine animale. L'utopique transformation, que rappelle la vierge-immaculée, résumera pour lui le grand problème poursuivi par ses prédécesseurs sous des formules diverses.

L'effusion succède naturellement à la communion. Les paroles sacramentelles prononcées par l'officiant, autant que le renouvellement des vœux auquel chacun s'est associé, ont ouvert les cœurs aux plus salutaires et aux plus douces émotions. C'est maintenant à l'art à continuer la cérémonie. Comme la commémoration, cette autre phase du culte, se décomposera en deux parties, l'une fixe et l'autre mobile. Celle-ci variera, comme la partie correspondante de la commémoration, suivant le type ou l'institution qu'on célébrera plus spécialement.

Après l'effusion du haut de la position qu'il est venu occuper sous la statue de saint Paul, au milieu des grands types qui l'entourent, l'officiant prononcera les formules d'action de grâce et, au nom de tous, prendra des résolutions nouvelles. L'art, par des chants appropriés à l'état des âmes, remplira cette dernière phase d'une cérémonie où toutes nos plus hautes facultés, le cœur, l'esprit et le caractère, auront successivement trouvé une noble culture et de nouveaux stimulants.

La foule s'écoulera ensuite pleine de recueillement et animée des meilleures résolutions.

Dans tout ce que nous venons d'exposer, il est possible que des esprits peu habitués à l'abstraction philosophique ne voient qu'une imitation des pratiques mystiques du catholicisme. Ceux qui savent distinguer la forme du fond, l'institution de la consécration, y verront une haute préparation morale, dont le catholicisme a eu l'initiative, il est vrai, mais que la religion définitive doit consacrer et développer. Ainsi, il sera toujours bon que chaque année, à l'exemple de nos derniers prédécesseurs, tout vrai croyant se replie sur lui-même et fasse son examen de conscience, qu'il passe en revue tout ce qu'il a fait dans l'année écoulée, et prenne de nouvelles résolutions.

Ceux qui sentent la nécessité de la prière, de cette élévation de l'âme vers tout ce qui est digne d'être aimé, ainsi que la définit Auguste Comte, admettront sans peine l'utilité de la pratique annuelle que recommande ici le positivisme. Il leur sera facile de voir aussi qu'elle ne peut devenir vraiment efficace que tout autant qu'elle a reçu une consécration religieuse.

Chercher l'absolution des fautes commises est, pour les natures honnêtes, une chose toute naturelle, que la religion de l'Humanité doit également sanctionner. Dans l'adolescence de notre espèce, la confession et l'obligation qui en était faite à chacun étaient choses aussi légitimes que rationnelles. Il y avait nécessité alors de diriger des natures trop faibles encore ou trop passionnées pour qu'on pût attendre d'elles une saine appréciation des mobiles de leur conduite. Dans notre état de maturité, on pourra s'en rapporter à chacun pour tout ce qui concerne le jugement qu'il devra porter sur ses actes, quand il en aura accepté l'obligation. Un tel jugement sera naturellement d'autant plus efficace qu'il sera plus réfléchi ; aussi devra-t-il être toujours écrit. Ceux qui ont l'habitude de vivre au grand jour ne redouteront pas le contrôle de la postérité ; ils ne craindront pas de lui laisser un témoignage de la régularité de leurs actes et de leur respect pour elle, en cherchant par de nobles aveux à mériter son pardon. Auguste Comte, qui avait institué cette pratique, s'y est toujours religieusement conformé.

En consacrant la prépondérance du cœur sur l'esprit et même sur le caractère, le positivisme devait accepter du régime qui l'a précédé toutes les pratiques destinées à assurer notre culture morale. Il n'était tenu qu'à une chose en les adoptant, c'était de les dégager de leur consécration théologique. Ce que nous devons faire aujourd'hui avec connaissance de cause, c'est-à-dire systématiquement, fut presque toujours fait empiriquement et de confiance par nos prédécesseurs. La religion de l'avenir ne vient pas rompre la filiation des âges, elle vient au contraire la consolider. Pour tout véritable penseur, le grand problème institué par saint Paul, il y a dix-huit cents ans (1), est précisément celui que reprend de nos jours le positivisme. La solution provisoire qu'il reçut du novateur chrétien ne fut qu'un noble pressentiment de celle que lui donne désormais une science, qui, se dégageant de ses prolégomènes naturels, s'élève enfin jusqu'au domaine social et moral.

(1) Voir notre notice intitulée *Saint Paul et l'Eucharistie* et le volume présent.

Le Puy-en-Velay. — Imprimerie R. Marchessou, boulevard Carnot, 23.

## AUGUSTE COMTE

Table analytique du système de politique positive, par H. d'Olier. In-8........................ 1 fr. 50

Complément indispensable des quatre volumes de la *Politique positive.*

Appel aux conservateurs. In-8................ 3 fr. »

Lettres à M. Valat (1815-1844). In-8............ 6 fr. 50

Le même, papier vergé...................... 10 fr. »

Lettres d'Auguste Comte à J. Stuart Mill. Un beau volume. In-8.............................. 5 fr. »

Opuscules de philosophie sociale (1819-1828). In-18. 3 fr. 50

## DOCTEUR G. AUDIFFRENT

Du cerveau et de l'innervation. In-8............ 6 fr. »

Des maladies du cerveau et de l'innervation. In-8 de 1000 pages.............................. 12 fr. »

## AVEZAC-LAVIGNE

LE NOUVEAU CALENDRIER DES GRANDS HOMMES. Biographies des 558 personnages de tous les temps et de toutes les nations qui figurent dans le calendrier positiviste d'Auguste Comte.

Traduit de l'anglais. Deux volumes in-8..... 12 fr. »

Le Puy, imprimerie Régis Marchessou, boulevard Carnot, 23.

www.ingramcontent.com/pod-product-compliance
Ingram Content Group UK Ltd.
Pitfield, Milton Keynes, MK11 3LW, UK
UKHW020345230726
13925UKWH00003B/973